KB173564

———'어차피 죽을 거니까'는 마법의 말

죽음은 누구에게나 무섭다.

신종 코로나바이러스 펜데믹은 막연히 상상만 하던 죽음의 존재를 그야말로 뼈저리게 깨우쳐주었다.

처음에는 정체불명의 끔찍한 질병으로 여겨졌고 무려 4만 명이 목숨을 잃을 것으로 예상돼 온 나라가 공황 상태에 빠졌다.

이 질병이 일본 국내에서 문제가 된 2020년 4월에는 긴급사태 선언이 발동되었다. 그 후 여러 차례 긴급사태 선언과 감염병 확산 방지 등의 우선 조치가 시행되었다. 인간의 기본적 인권 중에서도 가장 기본적인 권리(언론의 자유는 한 단계 상위 개념으로 생각한다)인 이동의 자유, 사람과 소통할 자유, 영업의 자유가 심각하게 제한되었다.

생명을 위해서라면 사람은 이렇게 쉽게 기본적 인권

을 포기한단 말인가, 하는 놀라움에 입을 다물지 못했다.

사람이 죽고 사는 마당에 무슨 잘난 척이냐고 생각할 수도 있다. 하지만 나는 크게 두 가지 이유로 '인간은 어차피 죽는다'와 '어차피 죽을 거면 살아있는 동안에는 즐겁게 살자'는 아주 상반된 마음을 갖고 있었기 때문에 인권을 포기하면서까지 사는 데 매달리는 것을 이해할 수 없었다.

이 책에서 찬찬히 설명하겠지만, 나는 1988년부터 거의 35년간 노인전문 종합병원인 요쿠후카이병원에서 일했다. 그곳에서 어르신들을 진찰하면서 '**사람은 어차피 죽으니 지금을 즐겁고 충실하게 사는 것이 앞날을 걱정하는 것보다 훨씬 현실적**'이라는 결론에 도달했다.

건강을 위해 먹고 싶은 음식과 술을 참아도, 또는 먹으면 오히려 기분이 나빠지는 약을 꾹 참고 복용한다 해도 결국 죽을 때는 죽는다.

그렇게 살면 약간은 오래 살 수 있을지도 모르지만, 이것조차 다양한 데이터를 살펴보면 신뢰하기 어려운 생각이다. 왜냐면 일본은 암으로 죽는 나라이기 때문이다.

암에 걸려 사망하는 사람이 뇌혈관 질환의 3배, 심근경색의 2배에 이른다.

암은 우리 몸속의 돌연변이 세포들이 증식해서 생긴다고 하는데, 그 세포를 제거하는 면역세포는 스트레스를 받으면 활동성이 크게 떨어진다. 하고 싶은 것들을 참다가는 암으로 사망할 수도 있다는 말이다. 실제로 살찐 사람이 마른 사람보다 6~7년 더 오래 산다.

물론 개인차도 있으니 어떤 삶이 장수할 수 있는지는 딱 잘라 말할 수 없다. 하지만 다수의 고령자가 돌아가실 때까지 지켜본 바로는, 여러 가지를 참으며 살았던 사람이 후회하는 경우가 더 많았다.

그래서 나는 혈당을 300㎎/㎗, 혈압은 170㎜Hg 정도로 조절하고 술도 마시고 싶을 때 마신다. 다소 일찍 죽더라도 지금의 삶을 충실하게 살고 싶기 때문이다.

또 하나는 이 책의 첫 장에서 언급했는데, 나 또한 암, 그중에서도 가장 예후가 나쁘다고 알려진 췌장암일 가능성이 크다고 진단받은 적이 있다.

그 말을 들었을 때 나는 2년 후의 죽음을 각오했다.

섣불리 치료하면 남은 인생이 너덜너덜해진다고 생각해 치료를 받지 않고 여생을 자유롭게 살기로 결정했다.

수술이 잘 되어도 체력이 많이 떨어질 것이고 화학요법을 사용한 항암치료를 받으면 하루 대부분을 누워서 지내게 되어 즐겁게 이야기하고 가고 싶은 곳에 가고 맛있는 음식을 먹을 수 없을 것이다.

사람과 이야기하는 것, 이동하는 것, 먹는 것, 이 모든 것이 기본적 인권이다. 그 권리를 코로나에 따른 외출 자제나 암 치료라는 이유로 쉽게 버려도 되는 걸까?

집에 틀어박혀 즐겁게 대화하지 못하고 여행의 자유도 빼앗기고 좋아하는 음식을 먹을 수 없다면 감옥에 갇혀 있는 것과 무엇이 다를까?

그래서 나는 코로나가 맹위를 떨칠수록 문을 연 가게를 찾아서 음식을 맛보았고 격리 기간이 길어 해외여행은 포기하는 대신 과거에는 예약하기 힘들었던 국내 숙소를 잡아서 국내 여행을 많이 다녔다.

사람은 어느 정도 나이가 들면 일상생활과 삶의 방식이 내성적으로 변하는 경향이 있는데, 그럴 때는 마법의

러 권 있었다.

췌장암이라고 해도 처음 1년 정도는 증상이 그렇게 많이 나타나지 않을 테니까 일단 아무 치료도 받지 않고 원하는 일을 마음껏 하자, 돈을 있는 대로 끌어모아서 영화도 만들어보자고 생각했다.

30대부터 인간은 언젠가 죽으니 살아있는 동안 즐기지 않으면 손해라고 생각하긴 했지만, 죽음이 실제로 내 앞에 다가오자 남은 인생을 어떻게 살아야 할지 깊이 생각하게 되었다.

그리고 연명을 위해 암과 싸우는 대신 암은 내버려 두고 남은 시간을 알차게 보내기로 선택했다.

'어차피 죽을 거니까 하고 싶은 일을 다 하겠다'라고 마음먹은 것이다.

그 후 몇 가지 검사를 했는데, 최종적으로는 암이 발견되지 않았다. 암이 있는데 찾아내지 못한 것일 수도 있지만, 그때 했던 생각은 62세인 지금의 인생관에 여전히 녹아 있다.

오늘이라는 날의 꽃을 꺾어라

곤도 선생님은 내 이야기를 듣고 유럽의 격언과 똑같은 생각이라고 알려주었다. 고대 로마 시대부터 전해 내려오는 메멘토 모리(Memento mori)는 '죽는다는 것을 기억하라'라는 의미인데, 그와 대구(對句)를 이루는 '카르페 디엠(Carpe diem)'이라는 말이 있다. '오늘이라는 날의 꽃을 꺾어라'라는 뜻으로, '죽음은 반드시 찾아오니 어쩔 수 없는 것으로 받아들이고 지금 이 순간을 소중히, 즐겁게 살아가라'라는 말이다.

이것이 내가 생각하는 바다. 어차피 죽을 거니까, 하고 자포자기하는 것이 아니라 인간의 목숨은 유한하므로 내가 원하는 대로 남은 인생을 살고 싶다. 죽음을 각오하면 정말 하고 싶은 일이 무엇인지 또렷이 보인다. 그와 동시에 별 의미가 없는 것도 가려낼 수 있다. 그래서 시간을 낭비하지 않게 된다.

우리는 죽음을 필요 이상으로 두려워한다

코로나바이러스가 유행했을 때 **우리는 죽음을 엄청나게 두려워한다**는 것을 깨달았다.

'원래 인간은 죽는 것'이라는 당연한 명제를 잊고 있다는 느낌이었다.

TV 등의 언론 매체들이 날마다 코로나바이러스가 얼마나 무섭고 두려운지 부추긴 탓도 있지만, 코로나를 필요 이상으로 두려워하며 죽지 않을 수만 있다면 가고 싶은 곳에도 가지 않고 맛집에서 맛있는 음식을 먹거나 보고 싶은 사람과 만나 이야기를 한다는 기본적 인권을 포기한 사람이 무더기로 등장했다.

데이터를 보면 코로나바이러스에 의한 치사율은 약 0.2%다. 총사망자 수는 61,281명(2020년 1월 이후~2023년 1월 12일 현재, 후생노동성이 집계한 데이터 참조)으로, 그중 80% 이상이 70대 이상이다.

있는 사람이 상당히 많은 상황이다.

260만 명에 달하는 90세 이상인 사람들은 평소에 건강하게 생활하다가 갑자기 죽지는 않지만 좀 심한 감기에 걸리면 사망할 수도 있다. 59만 명의 자리보전한 사람들도 욕창(체중으로 압박받는 부위의 혈액순환이 잘되지 않아 피부가 짓무르거나 상처가 나는 상태)이 생기지 않는 한은 생명에 지장이 없지만, 혹여 욕창이 생겨서 세균에 감염되거나 오연성(誤嚥性) 폐렴을 일으키기라도 하면 그대로 세상을 떠도 전혀 이상한 일이 아니다.

오랜 세월 노인 전문의로서 많은 고령자를 접한 나로서는 90세 이상이거나 누워서 생활하는 분들이 오늘 살아있다는 것은 정말 크나큰 행운이라고 느낀다. 지금은 건강하고 의식이 맑아서 금방 죽을 수 있다고 상상하지 못하겠지만 실은 감기 같은 사소한 병으로도 죽을 가능성이 상당히 크다.

몸에 좋은 것보다는 좋아하는 라멘을 주 5회

의학의 발전으로 예전에는 불치병이라고 여겼던 병을 치료할 수 있게 되었고 예방의학으로 여러 가지 병을 어느 정도 피할 수 있게 되었다. 건강검진을 받으면 혈압을 낮춰야 한다거나 콜레스테롤 수치와 혈당을 내리는 것이 좋다는 진단을 받기도 한다.

하지만 결국 그로 인해 삶의 질(QOL, Quality of life)이 떨어진다면 이는 단순한 연명 치료와 다를 게 없다.

예를 들어 80세에 폐렴에 걸린 사람을 치료해서 회복시켰다고 하자. 그 사람이 85세까지 살면서 그 5년간 즐거운 일들이 있었다면 폐렴을 치료한 보람이 있다고 생각할 수 있다. 하지만 그 뒤에도 계속 침대에 누워서 '빨리 죽고 싶다'거나 '어서 저승사자가 나를 데리러 왔으면'이라고 매일 중얼거리며 지냈다면 폐렴을 치료한 것이 과연 잘한 일인지 의구심이 들 것이다.

그런 일들을 수차례 겪으면서 나는 나이가 들었을 때 몸이 잘 움직이지 않고 치매도 많이 진행되어서 하고 싶은 **일을 할 수 없는 상태가 된다면 오래 살지 못해도 괜찮다고** 생각하게 되었다.

그래서 지금도 혈압이 170/100㎜Hg, 혈당은 300㎎/dℓ, 중성지방은 1,000㎎/dℓ 정도로 좋다고 할 수 없는 수치인데도 신경 쓰지 않는다. 참고로 현대의학에서는 혈

압이 135/85㎜Hg 이상이면 고혈압으로 진단하고 혈당은 100㎎/dℓ(공복 시), 중성지방이 150㎎/dℓ 이상이면 여러 가지 질병을 의심한다.

하지만 먹고 싶은 것을 참아가면서까지 오래 살고 싶지는 않다. 나는 매일 밤 와인을 마시고 있고 일주일에 다섯 번은 좋아하는 라멘(ラーメソ, 라면 가게이지만 우리나라와는 다른 점이 있다)을 먹으러 다니고 있다.

죽음을 받아들이고 노후를 만끽한다

죽음을 멈추는 치료는 존재하지 않는다. 죽음을 피할 방법은 없으니 아무리 괴로워도 받아들일 수밖에 없다.

내가 의대생이던 시절부터 터미널케어(말기 의료)의 '성경'으로 불리던 《죽음과 죽어감(On Death and Dying)》이라는 세계적 베스트셀러가 있다.

미국의 정신과 의사 엘리자베스 퀴블러 로스(Elisabeth Kübler–Ross)는 수많은 말기 환자를 접하면서 그들의 심리를 연구해 죽어가는 사람은 다음의 다섯 가지 심리상태(멘탈리티)를 거친다고 분석했다.

1단계 부인(Denial)

자신의 생명이 얼마 남지 않았다는 것에 충격을 받고 '이건 내 일이 아니다. 그럴 리가 없다'며, 그 사실을 부인(否認)하거나 사실에서 도피한다. 주변 사람들의 인식이나 태도와 차이가 생겨서 고립되기 쉽다.

2단계 분노(Anger)

이윽고 자신은 죽는다는 사실을 인정하지만 '왜 저 사람이 아닌 하필이면 내가 이런 일을 당해야 하는가'라는 의문이 생기고 건강한 사람에 대한 질투, 죽음을 직시할 필요가 없는 사람들을 향한 분노를 느낀다.

3단계 타협(Bargaining)

1, 2단계에 비해 짧은 기간이지만 '죽음이 늦게 찾아오게 할 수 없을까? 혹시나 기적이 일어나서 죽음을 회피할 수는 없을까?'라고 생각하며, 종교에 매달리거나 선행을 베푼다.

4단계 우울(Depression)

무슨 수를 써도 죽음을 피할 수 없음을 깨닫고 단념과 비관, 허탈, 우울, 절망과 같은 감정에 지배되어 우울한 상태에 빠진다.

5단계 수용(Acceptance)

마지막으로 자신의 운명을 저주하거나 자포자기하지 않고 죽음을 누구에게나 찾아오는 자연스러운 것으로 인정하고 자신이 죽어가는 것을 받아들인다.

아마도 죽음을 선고받은 많은 환자가 이 과정을 거쳐 갈 것이다. 그런데 나 같은 경우에는 '췌장암일 수 있다'

라는 말을 들었을 때, 그 과정을 전부 건너뛰고 '아, 어쩔 수 없구나'라고 수용할 수 있었다.

죽음을 피할 수는 없지만, 현대의학으로 죽음을 약간 늦출 수는 있다. 의학의 힘을 빌려서 90세 정도까지 산다고 가정하자. 몸이 말을 안 들어서 놀 수도 없고 맛있는 음식을 먹을 수 없게 된다면 이제 죽을 때가 되었다고 생각할지도 모른다.

물론 죽음을 늦추는 편이 죽음에 대한 공포심을 희석할 수도 있다. 그러나 죽고 싶지 않다는 이유로 이것저것 참고 견딘다고 해도 언젠가는 반드시 죽는다.

항암치료를 받아봤자 반년밖에 더 살지 못하는 사례가 드물지 않다. 이 때문에 2천만 엔에 달하는 의료비를 지출하기도 하고 그렇게 한다 해도 항암치료를 시작하고 나서 남은 생존 기간에는 거의 아무런 즐거움을 누리지 못하는 일이 많다. 그런 점을 사실로 받아들여야 한다.

가장 중요한 것은, **그 어떤 인간도 자신이 결국 죽을 것이라는 전제하에 생각하지 않으면 진정으로 노후를 즐길 수 없다는 점**이다.

죽는 순간에는 아프지도 괴롭지도 않다

인간이 죽음을 두려워하는 이유는 뭘까? 죽는 순간이 괴로울까 봐 공포심을 느껴서가 아닐까? 하지만 실제로 마지막 단계가 되면 의식이 희미해지면서 잠들 듯이 죽어간다. 다시 말해 의식이 없으므로 아프지도 괴롭지도 않다.

암 환자는 고통으로 괴로워하며 죽어간다는 이야기를 종종 듣는데, 그것은 의사가 불필요한 수술이나 투약을 하기 때문이다. 만약 암이 아프고 괴로운 질병이라면 '검사했을 때 이미 손쓸 수 없는 단계'인 경우는 없을 것이다. 아프고 괴로운 병이라면 그렇게 되기 전에 의사에게 달려갔을 테니 말이다.

내가 굳이 암 검진을 받지 않는 이유 중 하나로는 암을 발견한들 그저 괴롭기만 한 치료를 받고 싶지 않기 때문이다.

내가 일하던 요쿠후카이병원에서는 연간 100건에 이르는 부검을 하는데 85세가 넘은 사람 중 암이 생기지 않은 경우는 없었다. 그중 사인이 암인 사람은 3분의 1에 불과했다. 즉 3분의 2는 '모르는 게 약'이었던 것이다. 가능하다면 나도 모르는 게 약인 상태로 죽고 싶다.

물론 개중에는 아프고 괴로운 암도 있다. 암이 생긴 부위가 공교롭게도 신경이나 기도를 누르고 있거나 뼈로 전이되면 통증이 발생하기도 하지만 아파서 괴로운 것이 암의 보편적인 모습은 절대 아니라고 할 수 있다.

그리고 아픔에 관해서는 지금은 비교적 확실하게 억제하는 방법이 두 가지 있다.

하나는 신경블록요법[1]이다. 블록 주사를 잘 놓는 사람에게 일정 기간을 두고 여러 번 맞아야 한다는 단점은 있다. 또 다른 하나는 이른바 의료용 모르핀이다. 사용량에 제한이 없으므로 통증이 심해지면 그에 맞춰 양을 늘릴 수 있다.

---

1) 신경블록(신경차단, Nerve block)은 통증 경로를 무감각하게 만들기 위해 신경섬유 근처에 진통제를 주사하는 것으로 통증 조절이 잘되지 않을 때 고려한다.

그러므로 암에 걸리면 되도록 치료를 받지 않을 것이고 통증이 생기면 모르핀을 맞겠다고 생각해두면 별로 무서운 병은 아니라고 생각한다.

건강하게 살다가 갑자기 죽는 것과 암으로 죽는 것, 어느 쪽이 좋을까?

당신이 생각하는 가장 바람직한 죽음은 무엇인가?

많은 사람이 이 질문에 전자를 택하는 이유는 기왕이면 어느 날 고통 없이 편안하게 떠나고 싶기 때문일 것이다.

하지만 건강하게 살다가 어느 날 죽는 것을 다른 말로 하면 돌연사다. 본인과 주위 사람들이 예기치 못한 형태로 죽는다. 가족에게 작별을 고할 수도 감사의 말을 남길 수도 없다.

게다가 아직 몸과 정신이 온전할 때 갑자기 죽는 것은

아깝다는 느낌이 든다.

나는 어느 날 갑자기 죽기보다는 삶을 정리할 시간이 있는 암으로 죽는 게 낫다고 생각한다. 나 외에도 많은 의사가 이렇게 생각할 것이다. 암은 어설프게 치료하지 않으면 죽기 직전까지 비교적 의식을 유지할 수 있다. 그래서 가족들에게 고맙다고 말하고 죽을 수 있다.

그런데 심근경색 같은 병으로 급사하면 가족들과 작별 인사도 할 수 없고 유족들이 컴퓨터를 켰더니 엉뚱한 파일이 튀어나오는 등 예상 밖의 일이 생길 수 있다. 그런 의미에서 암으로 죽는 게 낫다는 생각이 든다. 앞서 말했듯이 나는 하고 싶은 일이 아직 많고 갑자기 죽으면 좀 난처할 수 있다. 기껏해야 야한 책과 DVD를 숨겨놨을 뿐이지만 말이다.

그리고 열심히 모아놓은 와인 컬렉션도 다 마시고 죽고 싶다. 공교롭게도 지난 몇 년간 투기 목적으로 와인을 사재기하는 중국인이 늘면서 가격이 비정상적으로 올라 옛날에 사놓은 와인이 수백만 엔으로 뛰어오르는 바람에 마음 편하게 마시기 어려워졌다.

하지만 생명은 유한하므로 죽기 전까지는 꼭 마시고 싶다. 암에 걸린다면 그 사실을 밝히고 지인들과 함께 와인 마개를 따는 건 어떨까? 그렇게 즐겁고 완만하게 죽어가고 싶다. 와인을 음미하고 맛있는 음식을 제대로 맛볼 수 있는 동안에 죽었으면 좋겠다. 이것이 지금의 내 생각이다.

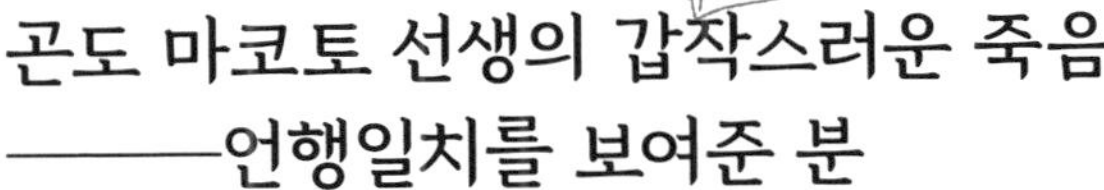

곤도 마코토 선생의 갑작스러운 죽음 ———언행일치를 보여준 분

2022년 8월 13일, 곤도 마코토 선생이 돌연 세상을 떴다. 마침 곤도 마코토 선생과 함께 책을 쓰고 있던 터라 편집자분이 부고를 전해주었는데, 충격으로 말이 나오지 않았다.

들리는 바로는 전철을 타고 있다가 기분이 나빠져 병

원에 가려고 탔던 택시 안에서 심정지 상태가 되었다고 한다. 그야말로 돌연사다.

사인은 허혈성 심부전증이었다.

가족에게는 평소 '아직 건강할 때 고통받지 않고 어느 날 죽고 싶다'고 말했다고 하며, 부인은 '자신이 한 말을 꼭 실천하는 사람이니 바라던 대로 되었다'고 했다. 그렇긴 하지만 너무 이른 죽음이었다.

이때 인터넷상의 반응에 눈길이 갔다. 곤도 선생은 철저한 건강검진 무용론자였으므로 그 대가를 치른 것이라는 의견이 상당히 많았다.

그러나 현재의 건강검진으로는 심근경색을 예방할 수 없다. 당연히 피검사로도 알 수 없다. 콜레스테롤 수치가 정상범위여도 심근경색으로 사망하는 사람은 얼마든지 있다.

심전도도 믿을 수 없다. 이것도 요쿠후카이병원에 오랫동안 근무했을 때 알게 된 일인데, 70대 이후가 되면 심근경색이 아니어도 심전도가 심근경색의 파형을 나타내는 사례가 꽤 많았다. 반대로 심전도상으로는 이상이 없지만, 심혈관이 막혀 있는 일도 상당히 많다.

내가 말하고 싶은 것은 네티즌들은 거봐라, 곤도 선생은 건강검진을 받지 않은 탓에 갑자기 사망했다고 썼지만 그런 비판은 잘못되었다는 말이다. 의학지식이 없는 사람들의 오해이며 정기적으로 피검사를 받았다고 해도 결코 곤도 선생의 목숨을 구할 수는 없었을 것이다.

상세한 내용은 3장에서 언급하겠지만 적어도 일반 건강검진은 질병 수를 증가시킬 뿐이며 그 후의 근거 없는 복약이나 식생활 규제로 삶의 질을 떨어뜨리기 때문에 고령자에게는 오히려 역효과라고 단언할 수 있다.

곤도 선생은 방대한 문헌을 읽고 의학적 근거를 기반으로 불필요한 암 치료는 하지 않는 것이 좋다든가, 유방암은 유방을 전부 절제하기보다는 암만 절제하는 것이 좋다는 식으로 상식적인 조언을 했다. 그의 도움을 받은 사람이 얼마나 많은지 생각하면 정말 아까운 인재를 잃었다는 생각에 안타깝다.

그러나 부인의 말처럼 곤도 선생이 큰 고통 없이 돌아가신 것은 자신의 말을 실천에 옮겼다고 할 수 있다. 선생이 평소 가장 바람직하게 죽는 방법이 무엇인지 생각하고 가족들과 이야기를 나누었기 때문에 부인도 약간은 편안한 마음으로 선생을 보내줄 수 있지 않았을까?

내가 갑작스러운 죽음을 피하고 싶은 가장 큰 이유는 어느 정도는 죽음에 대비하여 준비해야 할 것들이 있기 때문이니, **만약 갑자기 죽어도 부끄러울 일이 전혀 없도록 살고 있다면 건강한 상태에서 어느 날 갑자기 죽는 것도 나쁘지 않을지도 모르겠다.** 적어도 편안한 죽음일 수는 있을 것 같다.

'자신이 죽는 방식'을 생각하는 게 좋은 이유

잘 살다가 갑자기 죽는 경우에는 심근경색이 사인인 경우가 많다.

심근경색은 동맥경화가 진행되어 관상동맥에 생긴 플라크가 관상동맥을 점차 막아버려 심근에 혈액이 도달하지 못해 심근이 괴사하는 상태를 말한다. 심부전증의 원인으로는 심근경색이나 판막증 등 다양한 질병이 있는데, 그중에서도 심근경색이 큰 비중을 차지한다.

멀쩡하게 잘 살다가 갑자기 죽을 것인가, 암으로 죽을 것인가를 생각할 때 확률적으로 보면, 심근경색으로 죽는 사람은 암으로 죽는 사람의 12분의 1에 불과하다.

건강검진을 하면 콜레스테롤 수치를 낮춰라, 대사증후군을 해결하라는 식의 조언을 많이 듣는다. 이는 기본적으로 심근경색의 위험을 낮추기 위한 것이다. 이에 관해서도 나중에 자세히 살펴보겠지만 심근경색의 위험은 줄어들지만 암 발병 위험은 오히려 늘어난다.

나도 곤도 선생처럼 건강검진 무용론자이지만 돌연사는 피하고 싶으므로 심장 검진[2)]을 받고 있다. 앞서 언급

2) 3대 사인 중 하나인 심장병(허혈성 심질환, 고혈압성 심질환, 심근질환, 심장판막증, 부정맥과 심전도 이상 등)을 조사하는 검사이다. 병원마다 차이가 있지만 심전도, 초음파, 관상동맥조영CT, 심장 MRI, 심장 PET-CT, 혈액검사 등을 통해 병의 유무를 확인한다.

했듯이 콜레스테롤 수치가 정상이어도 동맥경화가 일어날 수 있다. 심장으로 혈액을 보내는 관상동맥이 동맥경화로 인해 협착되면 갑자기 혈관이 막혀서 심근경색이 일어날 위험이 크다.

심장 검진을 받으면 관상동맥의 협착을 찾을 수 있다. 일본인은 손재주가 뛰어나서인지 가늘어진 혈관을 넓히는 시술을 매우 능숙하게 한다.

예를 들어 끝에 팽창 가능한 풍선이 부착된 카테터(의료용 가는 관)를 혈관에 삽입해 막힌 부분을 풍선으로 넓힌 뒤 스텐트(원통형 철망)를 혈관에 넣어 다시 막히지 않게 하는 '인터벤션 치료'가 있다.

일부 의사들은 심장 검진이 근거가 없다는 이유로 부정적인 견해를 보인다. 곤도 선생도 그랬다. 하지만 나는 인터벤션 치료를 받고 활기차게 일을 계속하는 여러 경영자와 문화인을 알고 있고 어쩌다 이를 잘하는 의사를 알게 되어서 심장 검진을 계속 받고 있다.

나와 반대로 '건강하게 잘 살다가 어느 날 갑자기 가고 싶다'고 생각하는 사람은 건강검진을 비롯해 아무 검사도

받지 않고 꽤 건강치 못한 생활을 해야 한다. 심근경색으로 죽는 사람은 암으로 죽는 사람의 12분의 1에 불과하다고 했는데, 정상적인 생활을 하면 좀처럼 12분의 1에 들어가기 어렵다.

좋아하는 음식을 실컷 먹고 기름진 것도 가리지 않고 이른바 맥주통형 비만이 되어야 겨우 뜻을 이룰 수 있다.

물론 뇌출혈이나 급성 대동맥해리 등으로 갑자기 사망할 수도 있지만, 심근경색으로 숨지는 것보다 가능성이 작다. 일부러 심장 검진을 받아보고 관상동맥 협착이 발견되면 아무것도 하지 않고 그냥 둬라. 그 정도는 해야 어느 날 갑자기 죽을 수 있다.

그런 의미에서도 **내가 어떻게 죽을지 어느 정도는 정해두는 게 좋다. 무지로 인해 내가 죽고 싶은 대로 죽지 못하는 것이 가장 불행한 일**이라고 생각한다.

2장

최고의 죽음을 향한 첫걸음

—사생관이 있으면 허둥대지 않는다

제2장

최고의 죽음을 향한 첫걸음

* 오래 살아서 경험을 살려 사회에 기여하겠다는 식의 거창한 일이 아니어도 좋다. 부부가 온천 여행을 하고 싶다거나 취미인 사진을 계속 찍고 싶다거나, 자신이 즐겁다고 느끼는 것이라면 뭐든지 좋다. 나처럼 1년에 200개 이상 라멘 가게를 방문할 경우, 1년 더 살 수 있으면 또 다른 라멘 가게를 200곳 갈 수 있는 셈이다.

스웨덴에는 자리보전한 노인이 없다

독일에서 일하던 지인 이야기다. 아이가 고열이 나서 급히 병원에 데려갔더니 "그냥 감기니까 가만두면 나을 겁니다"라며 돌려보냈다고 한다. 그런데 그 후에도 나을 기미가 없어 다시 병원에 가서 "이대로 열이 내리지 않고 죽으면 어떻게 하나요?"라고 물었더니 의사가 이렇게 말했다고 한다.

"그렇다면 신의 뜻이죠."

독일인은 지금의 일본에서는 생각할 수 없는 사생관을 갖고 있다. 서양의 사생관은 일반적으로 그 사람이 믿는 종교에 영향을 받는 부분이 크다고 하는데 감기 정도로 죽는 사람은 어떤 방법을 써도 더 살 수 없는 운명이라는 생각이 어딘가에 있는 듯하다.

앞서 언급한 것처럼 일본에서도 심한 감기로 사망하는 사람이 있다. 일본 후생노동성의 〈2019년 인구 동태

통계〉에 따르면 독감으로 사망한 사람은 3,575명, 그와 관련된 죽음을 합치면 약 1만 명 정도라고 한다. 코로나보다 훨씬 덜 무섭다고 여겨지는 독감에도 이렇게 많은 사람이 죽고 있다. 즉, **인간은 어떤 질병에 걸리든 어느 일정한 확률로 죽는다.**

독일에서는 운이 나쁜 제비뽑기에 당첨된 사람들에게 '신의 뜻'이라고 하는 것이리라.

그런데 일본의 경우는 생명을 유지할 힘이 있든 없든 무조건 살리려는 의학이 대중화되었다. 서양 여러 나라에서는 감기 정도로는 병원에 가지 않지만, 일본은 1970년대 정도부터 감기에 걸리면 당연한 듯 병원에 가는 나라가 되었다.

반면 복지국가인 스웨덴에는 자리보전한 노인이 없다. 노인들이 조금이라도 걸을 수 있도록, 누워만 있지 않도록 국가적으로 노력하기 때문이다.

그러나 숟가락으로 음식을 입가에 가져가도 먹으려 하지 않으면 이제 이것은 신의 뜻이라고 판단하고 수액도 놓지 않는다. 더이상 살 의지가 없다고 보고 이후에는 기본적으로 연명 치료를 하지 않는다는 사회적 합의가 되어 있다. 이것도 실제로 병상에 누워 있는 노인이 없는 이유 중 하나다.

그런데 일본은 불필요한 연명 치료를 하지 않는다는 사회적 합의가 없을뿐더러 의학계에서 연명 치료에 대해 충분한 논의도 이루어지지 않은 상태다.

나는 1985년에 의사가 되었는데, 그 무렵에 '의사는 환자를 살릴 방법이 있다면 최대한 살려야 한다'는 생각이 확고하게 자리잡았다.

'사자에 씨'의 이소노 나미헤이는 54세?!

2021년 기준 일본인의 평균 수명은 남성이 81.47년, 여성은 87.57년이다. 세계 최고 장수국가라 할 수 있다.

하지만 평균 수명이 50세를 넘은 것은 전후 단카이세대[3]가 태어난 1947년부터였다.

그 전해부터 신문에서 인기 만화 '사자에 씨'가 연재되기 시작했는데, 그림만 보면 늙어 보이지만, 사자에 씨의 아버지 이소노 나미헤이는 54세, 어머니 후네는 50세(여러 설이 있다)라는 설정이었다. 요즘 사람들은 생각할 수 없을 만큼 나이 들어 보인다. 그만큼 일본인이 젊어지고 장수하게 되었다는 뜻이다.

이것은 의학의 발전 덕분이라기보다는 영양 상태 개선이 노화를 늦추고 수명을 연장했다고 할 수 있다.

예를 들어 20세기 초 사망원인 1위를 차지했던 결핵은 1950년대에 환자 수가 급감하면서 일본인의 수명을 쑥 늘려주었다.

여기에는 전쟁이 끝난 후 미군이 탈지분유를 배급해 주었고 일본인이 그동안 거의 먹지 않던 고기를 먹을 기회가 늘면서 단백질을 섭취하게 된 영향이 크다. 즉, 단

3) 제2차 세계대전이 끝난 후인 1947년에서 1949년 사이에 태어난 일본의 베이비 붐 세대를 가리킨다. 1970년대와 1980년대 일본의 고도성장을 이끌어 낸 세대이다.

백질을 섭취하자 면역력이 비약적으로 올라갔다.

1950년대부터 60년대 사이에 사망원인 1위였던 뇌졸중도 그 후 점점 줄어들었는데, 이것도 일본인이 단백질을 섭취하기 시작하면서 혈관이 튼튼해졌기 때문이다.

이런 식으로 수명은 계속 늘었다. 전쟁으로 사망하는 사람은 없어지고 전후 경제성장과 함께 핵가족화가 진행되면서 조부모의 죽음을 직접 보지 못하는 사람도 늘어났다. 사람들이 병원에서 죽는 것이 당연해지면서 의사가 사람의 죽음을 지켜보게 되었다.

이렇게 주변에서 사람이 죽지 않게 되면 죽음이 멀게 느껴진다. 죽음을 목격하지 못하면 결국 인간은 죽지 않을 것 같은 착각에 빠질 수도 있다.

말할 필요도 없이 **아무리 영양 상태가 좋고 의학이 발달한다고 해도 인간은 죽음을 피할 수 없다.** 예를 들어 아이를 낳다가 사산하는 경우도 0이 될 수는 없다.

2020년에는 84만 835명의 아이가 태어났는데 그중 1만 7,278명이 사산, 23명의 산모가 사망했다(후생노동성 〈인구동태통계〉 2020년 확정 수). 무사히 태어날 것인가, 사망한 상태에서 태어날 것인가, 아니면 산모가 죽을 것인가. 이것은 운이라고밖에 할 수 없다.

하지만 현실에서는 운에 좌우될 수 있다는 발상 자체가 없으므로 출산으로 아이나 산모가 죽으면 무조건 의사의 잘못으로 간주하고 잘못하면 고소당한다. 그 때문에 의사들은 소송을 당하지 않도록 최대한 노력을 기울인다. 어쨌든 환자가 죽지만 않으면 된다는 방향으로 의료를 제공하는 셈이다.

'오래 살기만 하면 된다'는 사생관

의학이 발전하면서 의사들은 왠지 모르게 자신들의 힘으로 인간의 수명을 얼마든지 연장할 수 있으리라 착각하게 되었고 환자들에게도 그렇게 할 수 있다는 환상을 계속 심어줬다.

그것은 우리의 사생관(死生觀, 죽음과 삶에 대한 체계화된 견해나 입장)을 서서히 변용시켰고 어느새 우리의 사생관은 '장수 지상주의'가 되었다.

의사들은 그런 장수 지상주의에 편승하여 몸에 좋지 않은 곳이 있으면 약으로 낫게 하거나 절제된 삶을 살라고 조언한다. 예를 들어 혈압이 높으면 '술을 끊고 염분이 적은 식사를 하세요'라고 조언하면서 혈압을 낮추는 약을

처방한다.

어느 혈압약 조사에 따르면, 그 약을 먹지 않은 고혈압 환자 중 10%는 6년 후 뇌졸중이 발생했고, 약을 먹은 환자들은 10%인 확률을 6%로 낮출 수 있었다고 한다.

그런데 이 결과를 잘 생각해 보자.

혈압약을 먹지 않아도 90%의 사람들은 뇌졸중이 생기지 않는다는 뜻이다. 게다가 약을 복용해도 6%는 여전히 뇌졸중을 일으켰다.

뇌졸중을 일으키는 사람을 10%에서 6%로 줄였을 뿐이고 그 확률을 0으로 만들 수 있는 것도 아닌데 의사들은 엄청나게 확률을 낮춘 것처럼 말한다.

"아니, 약을 먹어도 죽기야 죽지만, 그 확률이 좀 줄어드니까요"라며 약을 권하는 의사는 별로 없다.

의사가 하는 일은 아주 조금 수명을 연장하거나 사망률을 조금 낮추는 정도다. 그런데도 '약을 먹으면 괜찮다'는 식으로 말하기 때문에 환자의 사생관이 왜곡되는 것이다.

몸이 아닌 장기를 진찰하는 의료

더 큰 문제는 일본인과 미국인은 질병 구조와 식생활이 엄연히 다른데, 그 점을 무시하고 있다는 것이다.

미국에서는 많은 사람이 심근경색으로 죽고 혈압을 낮추면 더 오래 살 수 있다는 결론에 충분한 증거자료가 있지만, 우리는 그렇지 않다.

의사들은 광범위한 연구도 없이 혈압을 낮추면 오래 살더라는 미국의 자료만 보고 환자들의 혈압을 낮추려고 계속해서 노력한다.

또 다른 큰 문제는 이것도 미국의 의료를 어설프게 따라 한 것인데, 1970년대에 '장기별 진료'로 바뀌었다는 것이다.

그때까지만 해도 의사는 인간의 몸 전체를 진찰했다. 내가 의학 교육을 받았을 때는 내과 진단학이라는 분야를 제대로 공부했었다. 그런데 장기별 진료로 바뀌면서 몸 전체가 아니라 나쁜 장기를 찾아서 그 장기를 좋게 만들면 된다는 쪽으로 방향을 틀었다. 예전에는 몸 전체를 진찰하는 동네 의사가 많이 있었지만, 지금은 순환기만 또는 소화기만 이런 식으로 진료하는 전문의들이 많다. 미국에서는 심근경색과 심장병 환자가 많기 때문에 순환기내과가 다수를 차지하는데, 우리도 미국과 마찬가지로 순환기내과 의사가 대우받는 세상이 되었다.

앞 장에서 건강검진을 받으면 콜레스테롤 수치를 낮춰라, 대사증후군을 고치라는 말을 듣는 것은 심근경색 위험을 낮추기 위해서라고 했었다. 이는 미국의 장기별 진료를 따르고 있기 때문이다.

일례로 콜레스테롤은 면역력을 높여 암을 예방하고 남성호르몬을 생성하는 재료가 되며 우울증 발병을 낮춘다는 장점도 있지만, 장기별 진료는 그런 점을 종합해서 생각하지 않는다.

오늘날의 **우리 의료는 '몸에 좋은 것'보다 '장기에 좋은 것'을 우선시하는 경향이 있다.** 극단적으로 말하자면, 간이 좋아지기만 하면 다른 장기에 무슨 일이 있어도 상관

없는 이상한 진료가 널리 퍼져 있다.

중요한 것은 '오래 사는 것'이 아니라 '오래 살면서 무엇을 하고 싶은가?'다

이 세상의 수많은 사람들이 의사의 말에 따라 혈압을 낮추고, 혈당을 낮추고, 먹고 싶은 것도 참고, 술과 담배도 끊는다.

나이가 들고 나서도 의사가 권하는 생활을 계속하면서 참는 사람이 무척 많은데, 이걸 보면 오래 사는 것이 목표가 되었다는 느낌이 지워지지 않는다.

하지만 오래 사는 것보다는 오래 살아서 무엇을 하고 싶은지가 더 중요하지 않을까?

해부학자 요로 다케시 선생은 벌써 60년 넘게 담배를 피우고 있다. 본인이 의사지만 몸에 나쁘니 담배를 끊을 생각은 없다고 한다. '누구나 그 사람다운 삶의 방식이 있다'는 것이 그의 생각이다.

곤충 애호가로도 잘 알려진 그는 85세가 넘어서부터는 라오스 정글로 매년 곤충을 잡으러 간다고 한다. 아열대 라오스 밀림이라면 모기에게 물리기만 해도 죽는 감염병에 걸리는 곳이다. 그런데도 감염병은 전혀 두렵지 않고 곤충을 잡고 싶다는 마음만으로 행동하는 것 같다. 85세가 넘어 아직 곤충 잡기에 열중하는 요로 선생은 말 그대로 '그 사람다운 삶의 방식'을 보여주고 있다.

오래 살아서 경험을 살려 사회에 기여하겠다는 식의 거창한 일이 아니어도 좋다. 부부가 온천 여행을 하고 싶다거나 취미인 사진을 계속 찍고 싶다거나, 자신이 즐겁다고 느끼는 것이라면 뭐든지 좋다.

나처럼 1년에 200곳 이상 라멘 가게를 방문할 경우, 1년 더 살 수 있으면, 또 다른 라멘 가게를 200곳 갈 수 있는 셈이다.

반드시, 오래 살길 잘했다고 생각할 수 있는 것을 만들자. 그런 것 없이 그저 오래 살기만 한다면 그것은 단

순한 연명과 무엇이 다를까?

물론 하루라도 더 오래 살고 싶고 그러기 위해서는 어떤 의료행위라도 다 받고 싶다는 사람도 있다. 그것도 괜찮다. 사생관과 이상적인 죽음의 방식은 저마다 다르기 때문이다. 정답은 없다.

그렇기 때문에 자신만의 사생관을 갖는 것이 중요하다. **남은 인생을 좀더 나답게 살기 위해서라도 노년의 문턱에 섰을 때 나는 어떻게 죽고 싶은지 한 번쯤 진지하게 고민해보자.**

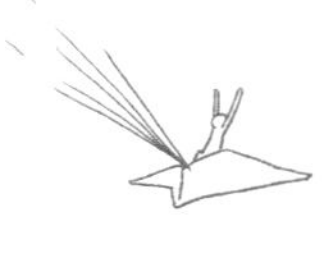

예상 밖이었던 아버지의 최후

내 아버지는 86세에 돌아가셨다. 아버지는 죽기 전까지 7개월 동안 인공호흡기를 달고 있었다. 이것은 내게 생각지도 못한 일이었다.

아버지는 담배를 너무 자주 피운 탓에 폐기종이 심해져 병원에 입원했는데, 어느 날 병원에서 호흡 곤란이 심한데 기관 내 삽관을 해도 되겠냐는 담당 의사의 전화가 걸려 왔다. 그렇지 않으면 오늘 밤 안에 돌아가실지도 모른다고 했다.

나는 도쿄에 아버지는 오사카의 병원에 있었다. 임종을 보고 싶어서 무심코 담당의에게 "부탁합니다"라고 말해 버렸다. 기관 내 삽관을 승낙한다는 것은 그 후 기관절개를 하고 인공호흡기에 연결하는 것까지 동의한다는 의미다. 나 자신도 의사이면서 그때는 그게 어떤 의미인지 몰랐다.

인간은 의외로 끈질긴 생물이다. 폐기종을 앓고 있어도 호흡기를 달면 좀처럼 죽지 않는다. 중심정맥영양(中心靜脈營養)이라고 해서 굵은 혈관에 고(高)칼로리 영양이 들어가는 수액을 맞기 때문에 환자는 생명을 이어갈 수 있다.

위루형성술(복부에 뚫린 구멍에 튜브를 통해 위로 직접 음식

물을 흘려보내는 의료 조치)을 시행하면 더욱 확실하게 영양을 공급해서 건강해지기 때문에 아마 죽는 시기를 더 늦출 수 있을 것이다.

계속 의식이 없는 상태로 사는 것은 편안하게 자는 것처럼 보일 수도 있지만, 한편으로는 의료비 낭비일지도 모른다는 생각이 들었다. 그때까지는 비슷한 상태의 환자들을 보면 환자를 살릴 생각만 하고 의료비 생각은 해본 적이 없었는데 처음으로 그렇게 생각했다.

연명 치료에는 하루 10~20만 엔이 든다. 그러므로 아버지가 7개월 동안 호흡기를 달고 있었다는 것은 2,000만엔 이상의 국가 의료비를 쓰고 있다는 뜻이다. 이것을 생각하면 송구스럽다.

그래도 도쿄에 사는 친척이 아버지의 임종을 볼 수 있었고 호흡기를 단 상태의 아버지이긴 했지만 모두 작별인사를 할 수 있었다.

아버지는 비교적 삶에 애착이 많았기 때문에 본인이 할 수 있는 한 오래 살았다는 것에 만족했을지도 모른다. 국가에 의료비를 쓰게 했지만, 그보다 더 많은 세금을 냈

으니 그렇게 나쁜 최후는 아니었던 것 같다.

연명 치료를 어떻게 할지 정하기란 어려운 문제다. 이것은 개개인의 사생관과 깊이 연관되어 있으므로 일반론으로는 답할 수 없다.

연명 치료를 원하는가? 연명을 위한 기관 내 삽관과 위루 등의 처치를 원하지 않는가? 판단력이 있는 동안 결정하고 가족끼리 공유하는 것이 필요하다.

'시들어 죽는 것'이 인간의 자연스러운 죽음

과거에는 종말기를 맞이하면 아무 의료 조치를 하지 않았고, 마지막이 가까워지면 아무 말 없이 점차 쇠약해지면서 잠을 자듯 죽었다.

그것이 본래의 '자연사'다.

사람은 죽을 때가 가까워지면 몸에 더이상 영양과 수분이 필요 없게 되어 식욕이 점차 줄어든다. 그렇게 최후를 맞는다. 그러나 가족은 좀처럼 받아들이지 못한다. '밥을 안 먹어서 힘이 없다'라고 생각하며 조금이라도 먹기를 바란다.

의사는 혈액검사를 하고 탈수 경향이 보이면 수액으로 보충한다. 그런데 수분을 흡수할 수 없게 된 몸에 과도하게 수액을 맞으면 체내에 물이 고여 다리가 붓거나 폐에 물이 찬다. 폐에 물이 차면 환자는 물에 빠져 죽을 때처럼 매우 힘들어한다.

일반적으로 **인간에게 자연스러운 죽음은 몸속의 수분이 사라져 시들듯 죽는 것**이다. 탈수와 아사는 굉장히 불쌍한 죽음처럼 보이지만 점점 잠이 들듯이 죽기 때문에 본인은 편안하다.

연명 치료를 위해 호흡기를 달고 수액을 맞을 때는 안정제 등의 졸리게 하는 약도 주입하기 때문에 옆에서 보기보다 환자 본인은 힘들지 않다. 스르르 잠이 든 상태라고 생각할 수 있다. 그래도 어느 쪽이 더 편하냐고 묻는다면 아무것도 먹지 않고 탈수해서 시들어가듯 죽는 것이 가장 편할 것 같다.

NHK 스페셜 취재반에 의한 《노쇠사(자연사)−소중한 집안의 평온한 최후를 위하여》를 보면 2005년 네덜란드에서 수행한 귀중한 연구가 기록되어 있다.

평균 연령 85세인 중증 치매 환자 178명을 대상으로 수분과 영양을 인공적으로 공급하지 않기로 결정한 후 사망할 때까지 불쾌감 수준이 어떻게 변화하는지를 측정, 기록했다.

그 결과, 인공적인 수분과 영양 공급을 중단한 후 생존 기간이 '2일 이내', '5일 이내', '9일 이내' 등 모든 집단이 죽음이 가까워질수록 불쾌감 수준이 낮아지는 경향을 보였다.

생존 기간이 가장 길었던 '42일 이내' 집단에서도 불쾌감 수준이 끝까지 낮게 유지되었다.

먹고 마시는 행위를 중단한 후 아무것도 하지 않고 자연에 맡기면 편안한 최후를 맞이할 수 있음이 증명된 셈이다.

코로나19 사태로 외면받고 있는 '존엄사'

1990년대 들어 일본 의료계에서도 '존엄사'에 대한 논의가 활발해지면서 무리한 생명 연장은 불필요하다는 흐름으로 바뀌었다.

일반적인 임상의들은 정상적인 감각이 있으면 인공호흡기를 달았을 때 생명을 연장할 수는 있겠지만 회복될 가망은 없는 상태를 구분할 수 있다.

후생노동성(당시에는 후생성)도 연명 치료에 이렇게 비용이 많이 들면 앞으로 힘들어진다는 우려에서 존엄사를 권했다. 과거에는 국가 재정이 풍부해서 최대한 살리겠다는 것이 기본 방침이었지만, 이대로 가다가는 국가 재정을 꾸려나갈 수 없게 되니 불필요한 의료행위는 그만두자는 것이다.

하지만 돈이 없으니 치료를 중단한다고 할 수는 없는 노릇이다. 그래서 환자가 불쌍하다, 인간적 존엄성을 훼

손한다는 식으로 얘기를 바꿔가며 존엄사를 지지하기 시작했다.

내가 고령자를 대상으로 한 의료에 종사하게 된 1980년대부터 이미 존엄사와 유사한 형태는 존재했다. 가족에게 "인공호흡기에 연결하시겠습니까? 어떻게 할까요?"라고 물어보면 "아뇨, 그렇게까지 하지 않아도 됩니다"라는 대화가 오갔다.

우리 의료진도 가족들이 "연세가 있으시니 더이상 힘들게 하고 싶지 않아요"라고 하면 인공호흡기를 달지 않았고 이쯤에서 의료행위를 그만하자고 합의했다.

그런데 코로나로 인해 그런 움직임이 저 멀리 날아가 버렸다. 코로나 병동에서는 가족의 뜻도 묻지 않고 환자를 에크모(ECMO, 외막 인공폐)나 인공호흡기에 연결했다. '연명 치료를 받는 환자는 가엽다'라는 흐름이 되었는데도 회복될 가망이 없음을 알면서도 무조건 연결한다.

즉, 사람은 무슨 일이 있어도 무조건 살려야 한다는 명분으로 되돌아갔다. 그렇지 않으면 국민에게 외출을 자제하라고 요청할 수 없고 시민들의 생활을 희생시킬

핑계가 없기 때문이다.

그 결과 병상은 꽉 들어차고 호흡기가 부족해졌고, 그 탓에 구해야 할 생명도 구하지 못하는 등 여러 가지 문제가 불거졌다. 가족들도 "호흡기까지는 필요 없어요. 본인이 폐렴에 걸리거나 다른 병에 걸리더라도 호흡기를 착용할 생각은 없다고 하셨어요"라고 말할 기회를 빼앗겼다. 코로나로 인해 원치 않는 연명 치료로 존엄사가 외면당하는 것이 현실이다.

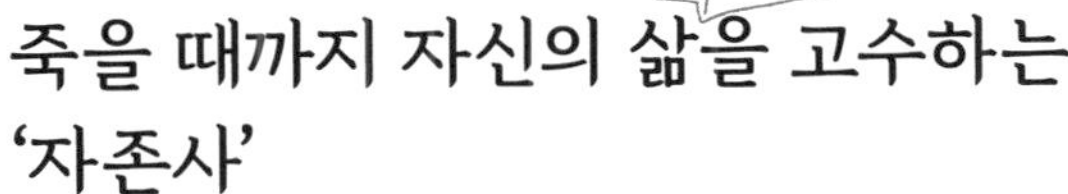

죽을 때까지 자신의 삶을 고수하는 '자존사'

"입으로 음식을 먹을 수 없게 되면 위루관을 삽입하시겠습니까?"

"마지막까지 적극적으로 연명 치료를 하시겠습니까?

아니면 완화 치료로 남은 시간을 충실히 보내시겠습니까?”

이처럼 존엄사는 인생의 최후, 그야말로 죽기 직전에 어떻게 할지를 묻는 것이다. 하지만 생명을 연장하는 치료를 계속하다가 죽기 직전에야 존엄사 논의를 시작한다면 과연 만족스러운 최후를 맞을 수 있을까?

좀더 이른 단계부터 고령자가 노후의 삶을 어떻게 보내고 싶은지 스스로 선택할 수 있어야 이윽고 다가올 죽음을 받아들일 수 있다.

아이들을 독립시켜 부모의 책임을 다했다. 회사도 퇴직했다. 그때부터 죽을 때까지 10년이나 20년, 혹은 더 살 수도 있는데, 그 시기를 어떻게 살 것인가?

최후의 순간을 맞이하기까지의 타임라인, 즉 시간 경과와 방식을 그려보고 어떤 식으로 살아갈지 결정하면, 죽음을 받아들일 수 있을지도 모른다. 비록 자신이 생각했던 것처럼 하루하루를 보내더라도 언제 어디서 무슨 일이 일어날지 모르는 게 인생이므로 확실한 약속을 할 수는 없지만 적어도 좀더 편안히 죽음을 맞이할 수 있지

않을까?

노인전문 정신과 의사로서 수많은 노인을 상대해보니, 오래 사는 것에 연연하지 않고 즐겁게 사는 노인들이 더 건강하고 행복해 보였다.

그들은 필요 이상으로 건강에 신경을 쓰고, 의사의 권

유대로 갖가지 약을 복용하거나 하고 싶은 일들을 참으면서 사는 삶을 거부한다. 그들은 죽을 때까지 자신다운 삶을 고수한다. 나는 그것을 '자존사(自尊死)'라고 부르며 나 자신을 대상으로 '실험' 중이다.

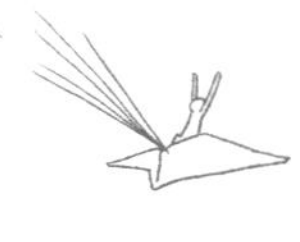

최소한 존엄사 선언서를 남겨두자

'최상의 죽음'은 사람마다 완전히 다르고 각자의 목표 지점까지 가는 길도 제각각이다.

예를 들어, 자식들을 힘들게 하지 않고 인생의 막바지를 보내고 싶다면 요양원을 찾는 것부터 시작하자. 사후에 이름 한 줄을 남기고 싶다면 유언에 따라 재산을 특정 단체에 기부하는 '유증 기부'와 같은 제도에 대해 알아둬야 한다.

이처럼 자신의 이상적인 죽음의 방법을 정하고 그에 필요한 자료를 찾는 것부터 시작해야 한다.

흔히 '고독사'라든가 '고립사'라고 표현하면서 이 세상은 혼자 죽는 것을 불행한 죽음으로 규정하지만, 고독을 좋아하는 사람도 있다. 고독을 좋아하면 인생을 자유롭게 살다가 심근경색이든 뭐든 어느 날 갑자기 죽고 한 달 뒤 발견된다 해도 당사자로서는 별로 힘들지 않은 죽음일 수도 있다.

배우자를 잃고 나서 혼자 사는 게 외롭다면 새로운 파트너를 찾거나 요양원에 입소할 수도 있다.

바꾸어 말하면, 나는 어떤 마지막 여정을 떠날지 생각하고, 그때 피하고 싶거나 절대로 이렇게 되고 싶지 않은 것을 회피할 방법을 생각하면 된다.

전에도 말했지만, 원하는 방식으로 죽을 수 없다는 것은 말할 수 없이 안타까운 일이다. 그런 의미에서, 최소한 말기 치료에 관한 '존엄사 선언서(Living Will)'를 써두면 좋다. 아직 건강할 때 만약 자신이 아프면 어떤 의료 행위를 원하는지 생각해 두고 가족이나 주변 사람들과

'최상의 죽음'을 향한 첫걸음. 존엄사 선언서를 만든다

이 사전지시서는 공익재단법인 일본존엄사협회 홈페이지(https://songenshi-kyokai, or.jp/living-will) 에서 '존엄사 선언서(Living Will) – 인생의 마지막 단계 사전지시서'를 인용했다(일부 생략 및 변경된 부분 있음). 자세한 내용을 알고 싶거나 사전지시서 · 나의 희망 표명서를 활용하고 싶은 분은 반드시 홈페이지를 확인하도록 하자. 일본존엄사협회 가입에 관한 내용도 함께 수록되어 있다.

이 양식을 참고하여 여러분 자신의 존엄사 선언서를 작성해 가족과 주위 사람들에게 자신의 의사를 전해 두는 것도 '최고의 죽음'을 향한 첫걸음이다.

존엄사 선언서 – Living Will –
인생의 최종 단계에 관한 사전지시서

이 지시서는 마지막까지 존엄하게 살기 위한 희망 사항을 표현했습니다. 철회할 수도 있으며 스스로 철회하지 않는 한 유효합니다.

- 나에게 사망이 임박했거나 의식이 없는 상태가 장기간 지속될 경우, 의료행위를 통해 생명을 연장하기를 원치 않습니다.
- 단, 의료용 마약 사용을 비롯해 심신의 고통을 덜어주기 위한 적절한 완화 치료는 희망합니다.
- 이상의 내용을 나의 대리인이나 의료 케어에 관한 관계자는 다시 한번 의논하여 내 희망을 들어주시기 바랍니다.

나의 마지막에 도움을 주신 분들에게 감사드리며 그분들의 행위는 모두 나에게 책임이 있음을 밝힙니다.

▼신청서

작성일 서기 년 월 일

이름 (자필)		생년월일 서기 년 월 일 남 · 녀
주소		전화번호 휴대전화
이메일		

▼서명 입회인

(내 의사로 이 존엄사 선언서에 서명했음을 증명하는 사람. 적임자가 없을 경우에는 작성하지 않아도 됩니다.)

이름		나와의 관계
연락처		

▼대리인

(내가 의사표시를 할 수 없게 되었을 때 나 대신 전하는 사람. 적임자가 없을 경우에는 작성하지 않아도 됩니다)

1. 이름		나와의 관계
연락처		
2. 이름		나와의 관계
연락처		

공유하는 것이 중요하다.

존엄사 선언서를 남겨두라고 하면 구체적으로 무슨 말을 써야 할지 생각나지 않을 수도 있다.

여기에 〈일본존엄사협회〉의 홈페이지를 참고로 한 존엄사 선언서의 예문을 소개하겠다.

존엄사 선언서에 대해 자세한 내용은 협회 홈페이지에서 확인할 수 있다.

또한 말기 의료 케어에 대해 더 자세하게 요청할 수도 있다. 내가 작성한 존엄사 선언서(086쪽)도 함께 올렸으니 참고하기를 바란다.

그런데 연명 치료는 불필요하다고 결정했던 사람이 입원하면 갑자기 마음이 바뀌는 경우도 많다.

'병상에서 누워 있기만 해야 한다면 코로 튜브를 넣으면서까지 살고 싶지 않다'고 주장했던 노인이 '그래도 살고 싶다'며 튜브 삽입에 동의하는 일을 여러 번 보았다.

사람의 마음은 자꾸 바뀌기 때문에 마음이 바뀌면 그때마다 다시 쓰면 된다.

나는 통증 제거와 부검을 원한다

참고로 나의 존엄사 선언서는 2023년 3월 이 시점에서의 내 뜻이다.

나는 기본적으로 연명 치료를 원하지 않는다.

하지만 고통스럽지 않게 가고 싶으므로 숨쉬기 편하게 해줄 산소 흡입은 원한다.

말초정맥영양요법과 중심정맥영양요법은 앞서 말했듯이 폐에 물이 차면 물에 빠진 사람처럼 고통스러워지기 때문에 원하지 않는다. 그러나 위루관은 그런 걱정이 없으니 희망할 수도 있다. 이때 의식이 분명한 상태여야 한다. 영양 상태가 확보되면 일단 건강해지기 때문에 회복 가능성이 전혀 없다고 할 수는 없다.

통증이 심하면 완화 치료를 받고 싶다.

사후 처리에 대해서 부검은 희망하지만, 장기 기증은 하지 않겠다. 헌체(獻體)도 내키지 않는다.

장기 기증은 뇌사가 결정되면 심장이 여전히 뛰고 체온도 있는 상태에서 이루어진다. 정확히 어떻게 생각할지는 모르겠지만, 몸은 따뜻한데 장기를 떼어내면 가족들의 기분이 별로 좋지 않을 것 같다. 모르는 사람의 생명보다 가족들의 감정을 더 소중하게 생각하고 싶다.

헌체는 해부실습을 위해 시신을 대학에 기증하는 것으로, 시신은 해부 전까지 포르말린에 보존된다. 부검은 사망 직후 해부하여 의사가 진짜 사인이 무엇인지 확인하는 작업이다.

예전에는 헌체를 하고 싶었지만, 얼마 전부터 미국에서 로봇이나 컴퓨터 그래픽(CG)을 이용해 해부실습을 하고 있다. 나는 그것이 더 정확하고 다시 시작할 수 있어서 시신보다 의학에 더 도움이 된다고 생각한다.

다만, 헌체를 하면 화장 비용을 대학에서 부담하고 심지어 무덤을 마련하고 제사까지 지내주는 대학도 있다. 이러한 특성을 고려해서 헌체를 하는 것도 현명한 방법이긴 하다. 헌체를 하려면 관련 기관에 등록해야 하므로 관심이 있는 사람은 꼭 확인해 보기 바란다.

존엄사 선언서 – 의료 케어에 관한 나의 희망

연명 치료, 뇌사, 헌체 등 원칙적으로 의료행위에 관한 것

항목	희망함	희망하지 않음
심폐정지 소생 처치		
심장 마사지	희망함	**희망하지 않음**
AED(자동심장 충격기)	희망함	**희망하지 않음**
호흡 연명 처치		
기관내삽관	희망함	**희망하지 않음**
산소흡입	**희망함**	희망하지 않음
기관절개	희망함	**희망하지 않음**
인공호흡기	희망함	**희망하지 않음**
심장 기능 유지를 위한 처치		
승압제	희망함	**희망하지 않음**
강심제	희망함	**희망하지 않음**
순환 보조장치	희망함	**희망하지 않음**
페이스메이커(AIBS)	희망함	**희망하지 않음**
영양과 수분 공급		
말초정맥영양	희망함	**희망하지 않음**
중심정맥영양	희망함	**희망하지 않음**
튜브 영양	희망함	**희망하지 않음**
위루관	**희망함**	희망하지 않음
기타 처치		
수혈	희망함	**희망하지 않음**
인공투석	**희망함**	희망하지 않음
완화 치료	**희망함** (※통증이 심할 경우)	희망하지 않음
사후 처치		
부검	**희망함**	희망하지 않음
장기 기증	희망함	**희망하지 않음**
장기 기증 의사표시 카드 유무	유 □ 보험증 □ 운전면허증 □ 기타	**무**
헌체		
헌체 등록에 대하여 (주: 헌체를 희망하는 사람은 사전 등록 필요)	희망함	**희망하지 않음**

이 양식은 《의사가 알려주는 행복하게 죽는 방법(医師が教える幸福な死に方)》(가와시마 아키라)의 '기입식 엔딩 시트'를 참고하여 작성함

부검의 경우 헌체와 같은 이점은 없지만, 기본적으로 의학의 발전에 기여하는 것은 부검이다. 부검을 했더니 살아있을 때 진단한 내용과 다를 수 있고 거기서 의학적으로 어떤 발견을 할 수도 있다.

나 같은 경우, 고혈압과 당뇨병 등 여러 질환을 방치하고 있으므로 몸이 어떻게 되어 있는지 확인해 보고 싶다. 인체 실험을 하는 중이나 마찬가지이므로 부검할 가치가 있을 것이다.

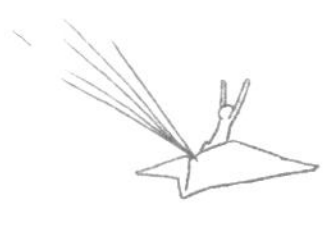

종활 따위는 필요 없다

종활(終活)이란 인생의 종말을 마무리하기 위한 활동이라는 뜻으로 2009년에 생긴 용어다. 자신이 원하는 형태로 죽을 수 있도록 필요하다면 본인의 유골이나 장례식을 어떻게 처리했으면 좋겠다고 적어두는 엔딩 노트를 쓰거나, 유서를 쓰거나, 물건을 버리거나, 정리하는 단사리(斷捨離, 끊고-버리고-떠난다)를 할 수도 있을 것이다.

하지만 나는 죽기 직전까지 나다운 삶을 살고 싶기에 종활에 시간을 보낼 생각은 추호도 없다.

좀더 솔직히 말하면, 종활 따위는 필요 없다고 생각한다. **종활보다는 남은 인생을 충실하게 사는 게 훨씬 낫다.** 어차피 남은 시간은 얼마 되지 않으니 **장례식 준비를 하거나 엔딩 노트를 쓸 시간이 있다면 살아있는 지금을 좀더 즐기는 게 좋지 않을까?**

지나치게 직설적인 표현일지 모르지만, 아무리 치밀하게 준비한들 원하는 대로 죽을 수 있다는 보장은 없다. 하나부터 열까지 촘촘하게 원하는 바를 전해 두어도 가족의 협조를 얻지 못하거나 소망이 받아들여질 여건이 안 되면 생각처럼 죽을 수도 없고 심지어 운이 나빠서 준비하는 도중에 갑자기 죽을 수도 있다.

이렇듯 사람은 죽는 방법을 선택할 수 있을 것 같으면서도 선택할 수 없다. 하지만 설령 자신이 죽음의 방식을

받아들이지 못해도 결국은 죽는다.

그러니 비관하지도 말고 낙관하지도 말고 '어차피 죽을 거니까'하고 마음을 열고 죽는 순간까지 살아있는 지금을 마음껏 즐기자. 그래서 남은 인생, 우리의 삶을 최대한 빛나게 하여 '최상의 방식으로 삶을 살아보자'고 권하고 싶다.

3장

휘청휘청한 노인과 원기발랄한 노인의 갈림길

'내 삶의 방식'은 의사가 아닌 내가 정한다

＊ 중요한 것은 수치보다는 그 사람의 주관적인 몸 상태다. 아프면 몸이 알려주니까 몸의 소리가 들리면 그때 병원에 가면 된다. 별것 아닌 상태에서 병원에 가면 여러가지 검사를 받고 나서 정말로 도움이 될지 안 될지 모르는 약을 먹는 신세가 된다. 검사 결과 수치에만 의존하면 정작 중요한 '몸의 소리'가 잘 들리지 않게 된다.

80대부터는 늙어가는 과정을 음미한다

'인생 백세시대'라는 말은 이제 비유가 아니라 현실이 되었다.

현재 일본에는 100세 이상인 사람이 9만 명에 달한다. 또한 2050년에는 일본 여성의 평균 수명이 90세를 넘어설 것으로 예측된다.

그렇다고 해서 지금보다 더욱 건강하고 젊어진 상태로 수명이 연장되는 것은 아니다. 영양 상태의 개선은 이미 정점을 찍었으므로 지금처럼 나이에 비해 젊어지는 추세는 이제 한계점을 드러낼 것이다. 영양 상태 개선이 노화를 늦추고 기대수명 증가를 견인하는 시대는 지났으며, 이제 의학의 발달로 '죽지 않기 때문에' '더욱 오래 살게 되는 것'이다.

다시 말해, 인생 백세시대는 늙음의 문턱을 지나 죽음으로 가는 시간이 늘어났음을 의미한다. 이렇게 길어진

노년을 얼마나 건강하고 즐겁게 그리고 나답게 살 수 있을까.

나는 늙음을 두 시기로 나누어 생각한다.

쉽게 말해 70대는 '늙음과 싸우는 시기'이고 80대 이후는 '늙음을 받아들이는 시기'다.

늙음을 받아들인다는 것은 늙는 상태로 그저 시들어 간다는 뜻이 아니다. 자신의 쇠락을 솔직하게 인정하고 각자 대응하면서 현명하게 살자는 뜻이다.

가령 청력이 떨어져 말소리가 잘 들리지 않는다면 보청기를 사용하자. 그렇게 하면 좀더 오랫동안 사람들과 즐겁게 대화를 나눌 수 있다. 보청기를 거부하고 대화를 멀리한다면 빠른 속도로 사회성이 떨어져 판단력이 흐려질 것이다.

지팡이나 실버카(보행보조기)를 거부하다가 넘어져 골절이라도 되면 바로 병상에 누워 있게 될 가능성이 크고, 걷기 귀찮다는 이유로 집에만 있으면 점점 보행이 어려워져 뇌 기능 저하까지 올 수 있다.

고령자들은 대개 기저귀를 싫어하는데 요즘 기저귀는

흡수력이 매우 뛰어나서 활동량을 늘리는 효과가 있다. 실은 나도 애용하고 있다.

몇 년 전 심부전증 진단을 받고 이뇨제를 복용할 처지가 되자 툭하면 화장실을 가야 해서 난감했다.

그래서 장거리 운전을 할 때는 성인용 요실금 패드 팬티를 입기 시작했는데, 운전 중이나 출장지에서 허둥지둥 화장실을 찾아다니지 않아도 되어 안심하고 운전할 수 있게 되었다.

'문명의 이기'를 순순히 받아들일 수 있느냐에 따라 노인들의 삶의 질은 백팔십도 달라진다.

아무리 거부해도 늙음을 받아들일 수밖에 없는 시기가 80대 이후에 찾아온다. 사람마다 차이는 있지만 빠르건 늦건 반드시 찾아온다. 그때 자신의 늙음을 있는 그대로 인정하지 못하면 그 후의 10~20년을 살아가는 것은 몹시 괴로운 일이다.

100세 가까이 되면 병상에 누워 노환으로 사망하는 경우가 흔하다.

누구나 평온한 자연사를 하게 될 확률이 높다. 그러니

80대 이후에는 자연의 섭리에 따라 노화가 진행되는 과정을 음미하면서 사고나 큰 병으로 목숨을 잃지 않고 천수를 다하고 있기에 이렇게 늙어가며 살 수 있다고 생각해도 되지 않을까?

휘청휘청한 노인과 원기발랄한 노인의 갈림길

반면 70대는 아직 노화와 싸울 수 있다. 늙음이라는 오랜 기간을 건강하게 보내기 위해서는 어떻게 80대 이후에도 뇌 기능을 유지할지, 그와 동시에 70대가 가지고 있는 운동 기능을 얼마나 오래 지속시킬지가 중요하다.

이것은 70대를 어떻게 보내느냐가 관건이다.

70대 전반까지는 치매에 걸리거나 간병이 필요한 사람이 10%도 되지 않는다.

다치거나 큰 병을 앓지 않았다면 중장년 시절처럼 대부분의 일을 스스로 할 수 있다. 열심히 노력하면 나름의 결과를 얻을 수 있고, 일상의 축적이 80대의 삶에 크게 영향을 미친다.

인생의 막바지 활동기라고 할 수 있는 70대에 노력하며 지내면 몸과 뇌를 젊게 유지할 수 있고 간병이 필요한 시기를 늦출 수도 있다.

암 유병률과 사망률, 간병이 필요한 비율 혹은 치매 비율을 살펴보면 70대에 급격히 증가한다. 건강하고 자립적으로 살 수 있는 '건강수명'을 봐도 2019년 기준 남성은 72.68세, 여성이 75.38세다. **휘청휘청하며 정신이 혼미하고 노쇠한 고령자와 원기가 발랄한 고령자로 나뉘는 시기가 바로 70대다.**

80대에도 활력을 유지하고 삶의 질을 유지하고 싶다. 자유롭게 움직이고 머리가 맑았으면 좋겠다. 그렇게 생각한다면 70대가 노화와 싸울 수 있는 마지막 기회임을 꼭 기억하자.

어떻게든 움직이고 어떻게든 머리를 써라

나이가 들수록 신체 능력과 뇌 기능이 저하되는 것은 틀림없지만, 그 속도와 정도는 사람마다 다르다.

같은 70대, 80대라도 치매가 진행되어 대화도 어려운 사람이 있는가 하면, 지금까지 하던 일을 계속할 수 있는 사람이 있고 노벨상을 받고 멋들어지게 수상 소감을 발표하는 이도 있다. 병상에 누워 있거나 일상생활에 도움이 필요한 사람이 있는가 하면 어떤 사람은 수영과 골프를 즐긴다.

개인차의 원인은 몸과 머리를 계속 사용하느냐 안 하느냐인데, 나이가 들수록 그 차이가 점점 벌어진다.

젊은 사람은 골절로 1개월 정도 입원해도 뼈가 붙으면 걸을 수 있다. 그동안 누워만 있고 아무것도 하지 않고 멍하니 있어도 지능이 떨어지지 않는다.

하지만 70대 후반이 되면 이야기가 다르다. 골절상으

로 입원해 책도 신문도 읽지 않고 한 달째 천장만 바라보며 생활하다 보면 이해력이 급속히 떨어져 멍해지는 경우가 드물지 않다. 퇴원했지만 근육이 쇠약해져서 전혀 걸을 수 없게 되는 일도 자주 있는 이야기다.

머리와 몸을 사용하지 않았을 때의 기능 저하는 고령이 될수록 심해진다.

병상에 눕지 않아도 코로나바이러스로 인해 외출을 자제하고 활동적이지 않은 생활을 오래 하면 하반신이 많이 약해지고 치매도 악화된다.

그만큼 고령자에게 뇌 기능과 운동 기능을 유지하려면 '계속 사용하는 것'이 중요하다.

어떻게든 움직이고 어떻게든 머리를 써야 한다. 몸과 머리를 계속 사용하도록 의식하자. 사용하면 사용한 만큼 노화를 늦출 수 있다.

반대로 몸이 움직이지 않거나 몸 상태가 좋지 않을 때 '이제 틀렸다'며 우울해 하면 몸과 뇌의 노화에 가속도가 붙는다. **부정적인 사고에 빠질 것 같을 때는, '어떻게 될 거야'라고 중얼거려보자.** 이렇게만 해도 뇌에서 도파민이라는 '의욕 호르몬'이 나온다.

뇌는 생각보다 단순해서 자신이 한 말을 믿는 성질이 있다. '어떻게 될 거야'라고 하면 '어떻게든 해보자'라고 분발해서 의욕이 솟는다.

속았다고 생각하고 한번 해보자.

의사가 내 삶의 방식을 결정하지 못하게 하라

70대 이후에는 의료행위를 이용하는 방식을 다시 생각해 봐야 한다.

현대의학은 환자의 나이가 많든 적든 상관없이 어떻게든 검사 결과 수치를 '정상'으로 만들어야 한다는 전제가 깔려있다. 특히 혈압, 혈당, 콜레스테롤 수치 등에 대해 의사도 환자도 지나치게 신경질적으로 정상 수치에 집착한다. 환자는 의사의 말을 그대로 받아들인다.

하지만 내가 보기에 **내 몸에 관해 전적으로 의사의 지시에 따르는 것은 타인이 내 삶의 방식을 결정하게 하는 것과 다름없다.**

'제가 의료 지식이 없어서'라는 이유로 뭐든 다 맡기지 말고 의사와 함께 검사 수치를 정상화하는 것이 어떤 의미가 있고 단점은 무엇인지 상의하도록 하자. 이것이 '내 삶의 방식을 내가 결정하는' 것이다.

물론 젊은 세대나 한창 일할 나이인 30~60대까지는 혈압과 혈당이 정상 수준으로 유지되면 생활습관병에 걸릴 확률이 낮고 더 오래 사는 경향이 있다.

하지만 70세가 넘은 노인이 비싼 치료비와 약값을 내고 혈압과 혈당 수치를 강제로 정상화하는 것이 수명을 연장하는 효과를 거둘지는 크게 의문스럽다.

왜냐면 이러한 '상식'은 '예방의학'에 기반을 두고 있기 때문이다. 이미 당뇨병, 고혈압, 동맥경화와 같은 증상이 있는 70~80대에게는 큰 의미가 없다. 반대로 상식에 얽매이면 오히려 건강을 해칠 수 있다는 사실은 잘 알려지지 않았다. 그렇다면 고령자가 혈압, 혈당, 콜레스테롤 등 정상 수치에 집착하면 어떤 위험이 있는지 간단히 짚어보겠다.

혈압이 너무 낮으면 쉽게 넘어진다

고혈압 자체는, 지금은 동맥류가 아닌 한 어지간하면 생명에 위협이 되지 않는다. 고혈압을 경계하는 이유는 동맥경화를 진행시키는 위험 인자이기 때문이다. 동맥경화로 인한 뇌경색이나 심근경색 등은 죽음으로 이어지는 무서운 질병임이 분명하다.

그러나 일반적으로 나이가 들수록 혈압은 자연스럽게 높아지는 경향이 있다. 노화에 따른 동맥경화 때문에 혈액이 흐르는 혈관 내강이 좁아져서 그에 적응하느라 혈압이 올라간다. 그 부분을 무시하고 억지로 '정상' 수치로 만들려고 하면 오히려 역효과가 날 수 있다.

예를 들어 혈압강하제를 복용하면 기력이 떨어져 몸이 나른하고 머리가 잘 돌아가지 않거나 발밑이 잘 안 보일 수 있다. 그래도 '혈압이 정상이어야 뇌졸중을 일으키지 않는다'라고 의사가 조언해서 계속 약을 먹으면 뇌졸중은 예방할 수 있을지 몰라도 불안정하게 걷다가 넘어질 수도 있다. 뇌졸중을 일으킬 위험과 휘청거려서 넘어질 위험을 비교하면 넘어질 위험이 훨씬 크다. 게다가 고령자는 골절이 되면 병상에 누워만 있을 가능성이 크고 치매가 빠르게 진행되는 경우가 많다.

내가 일하던 요쿠후카이병원의 부속 요양원에서 생활하던 노인들을 일정 기간 관찰한 자료가 있다.

그에 따르면 고혈압군(평균 183/93㎜Hg)은 생존율이 낮고 동맥경화와 뇌경색이 일어나는 경우가 많았지만, 정상혈압군(평균 129/73㎜Hg)과 경계성 고혈압군(평균 150/80㎜Hg)은 생존율과 동맥경화 발병에 차이가 없었다.

한마디로 혈압약을 먹어서 필사적으로 혈압(수축기 혈

압)을 129㎜Hg 이하로 유지하려고 하든 혈압약을 먹지 않고 160㎜Hg 정도로 놔두든 별 차이가 없다는 말이다.

검사 결과에서의 '정상 수치'는 고령자에게 '절대적인 지표'가 될 수 없다. 만약 혈압이 높다는 진단을 받고 처방받은 혈압강하제를 복용했는데, 머리가 맑지 않거나 몸이 나른해서 장을 보러 가기도 귀찮은 증상이 나타난다면 그 '정상 수치'는 당신에게 비상적인 수치라고 할 수 있다.

혈당을 억지로 낮추면 활력이 떨어진다

고령의 당뇨병 환자에게 약이나 인슐린을 사용하여 혈당을 정상화하려고 하면 새벽에 저혈당이 되어 머리가 멍하고 치매에 걸린 것처럼 될 수도 있다.

요쿠후카이병원에서 뇌 해부에 입회한 적이 있는데, 그때 보니 고령자는 크고 작은 동맥경화가 생겨 있고 혈관벽(血管壁)이 두꺼워져 있다. 이런 상태에서 정상 혈압과 혈당 수치를 고집하며 젊은 사람 수준으로 낮추면 포도당이 뇌로 퍼지지 않는다.

미국 국립보건원(NIH)의 하위 기관이 실시한 다음 연구는 환자에게 정상 수치를 강요하는 행위의 폐해를 여실히 보여준다.

당뇨병 환자 약 1만 명을 대상으로 혈당 상태를 나타내는 헤모글로빈 A1c(당화혈색소. 적혈구 내 포도당과 결합한 헤모글로빈으로, 수치가 높을수록 당뇨병에 걸릴 확률이 크다고 여겨진다)를 정상치에서 6% 미만으로 억제하는 '강화요법군'과 기준을 그보다 느슨한 7.0~7.9%로 설정한 '표준요법군'으로 나누어 조사했다.

3년 반에 이르는 관찰 결과는 놀라웠다. '강화요법군'이 '표준요법군'보다 사망률이 훨씬 높았다.

당뇨병의 경우 억지로 수치를 낮추려고 하면 저혈당이 쉽게 발생하고 심부전 등 합병증이 생길 위험이 커진다. 그 이유로 '강화요법군'에서 사망률이 증가한다고 생각되는데, 어쨌든 무작정 정상 수치를 추구하는 데는 위험이 수반된다.

콜레스테롤 수치가 높으면 쉽게 암에 걸리지 않는다

혈압과 혈당치에 더해 콜레스테롤도 낮아야 좋다는

것이 '상식'이다.

물론 심근경색과 협심증(狹心症)은 콜레스테롤 수치가 높을수록 쉽게 일어나지만, 세계 여러 곳에서 정상 수치보다 약간 높은 편이 더 오래 산다는 역학 자료가 보고되어 있다.

콜레스테롤 수치가 높은 쪽이 면역력이 강화되고 쉽게 암에 걸리지 않는다고 알려져 있다. 콜레스테롤은 암세포의 근원인 돌연변이 세포를 해치워준다.

다시 말해 NK세포[4]의 주요 재료인 셈이다. 아마도 콜레스테롤 수치가 높은 사람일수록 면역력이 활성화되어 있을 것이다.

또한 콜레스테롤은 남성호르몬과 여성호르몬을 만드는 재료이기도 하다. 콜레스테롤 수치가 높으면 성호르몬 분비가 원활하기 때문에 젊음을 유지할 수 있다.

특히 남성의 경우 남성호르몬이 부족하면 여성보다 훨씬 빨리 노화가 진행된다. 성욕뿐만 아니라 의욕이 떨

4) Natural Killer cell. 백혈구의 일종으로 바이러스에 감염된 세포나 암세포를 인식해 직접 죽이거나 염증성 사이토카인을 분비해 변형 세포를 죽인다.

어지고 근육량이 감소하고 인간관계가 번거로워지며 기억력과 판단력도 저하된다.

콜레스테롤 수치가 낮으면 우울증에 걸리기 쉽다는 조사 데이터도 있다.

콜레스테롤은 세로토닌을 뇌로 운반하기 때문에 혈액 속에 일정 수준의 콜레스테롤이 유지되지 않으면 세로토닌이 잘 전달되지 않는다. 그래서 뇌가 제 기능을 하지 못하게 된다.

실제로 많은 노인 우울증 환자들을 진단하면서 콜레스테롤 수치가 높은 사람이 우울증에서 더 빨리 회복되고 낮은 사람은 회복이 느리다는 생각이 들었다.

현대의학에서는 혈압, 혈당, 콜레스테롤 수치를 3대 악처럼 취급하는데 과연 그게 옳은 일인가?

여기서 핀란드 보건청이 1974년부터 1989년까지 15년간 혈압, 혈당, 콜레스테롤 수치 등이 높은 40~45세 남성 1,200명을 대상으로 벌인 연구 결과를 살펴보자.

4개월마다 건강검진을 하여 수치가 높은 사람에게 약을 처방하고 염분 제한 등 건강관리를 엄격히 하는 '개입군' 600명과 건강관리에 전혀 개입하지 않는 '방치군' 600명으로 나누어 추적조사를 진행했다.

그 결과 암 사망률뿐만 아니라 심혈관질환 유병률과 사망률, 그리고 자살자 수에 이르기까지 '개입군'이 '방치군'보다 높았다.

이런 데이터를 제시하면 수치에 집착하는 대학병원 의사들 중 일부는 '엉터리 자료'라고 반발하지만, 비판하려거든 장기간의 추적조사를 해서 반대되는 증거를 보여야 한다.

하지만 유감스럽게도 일본 의학부에서는 아직까지 한 건도 반대 자료가 나오지 않았다.

환자에게 무엇이 의미가 있는지 생각하고 이를 치료에 활용하려고 노력하는 것이 중요하지 않을까?

그리고 **무엇이 의미 있는 치료법인지 생각하는 것은 타인인 의사가 아니라 먼저 환자 자신이 자기 일로써 생각해야 한다.**

통통한 사람이 제일 오래 산다

또 하나, 건강검진을 받을 때 꼭 확인하는 것이 비만도다. 신속하게 판별하는 기준으로 건강검진에서 남성은 허리 85㎝ 이상, 여성 90㎝ 이상으로 지질과 혈압, 혈당 등의 수치가 기준치에서 벗어나면 대사증후군으로 간주된다.

여기서 적정 체중 지표는 몸무게(㎏)를 키(m)×키(m)로 나눈 값인 BMI를 말한다.

적정 체중의 BMI 값은 22이지만, 실제로는 여러 조사와 연구에서 BMI가 25를 넘은 사람이 가장 오래 살 수 있다는 결과가 나오고 있다.

일본에서도 후생노동성의 보조금을 받아 실시한 연구에 따르면, 40세 시점에서 평균 여명이 가장 길었던 것은 BMI가 25~30 미만인 '통통한' 사람이었고, 남성이 41.6년, 여성이 48.1년이었다.

예를 들어 키 170cm인 사람이라면 72~86kg 정도인 사람이 가장 오래 산다.

반대로 가장 수명이 짧은 집단은 BMI가 18.5 미만인 '마른 체형'인 사람들이었다.

'마른 체형'인 사람의 평균 기대 여명은 남성 34.5년, 여성 41.8년으로 '통통한' 편인 남성이 7년, 여성은 6년이나 오래 산다는 뜻이다.

사실 얼마 전 학회인정전문의 자격증을 유지하기 위해 내과학회 워크숍에 참석했는데 비만이 얼마나 좋지 않은지에 대한 강의를 들었다. 여기서 비만의 정의는 BMI 25 이상이다.

BMI 25~30 사이인 사람이 가장 오래 산다고 하는데 말이다. 그러나 내과 의사들이 전문의를 계속하려면 그런 강습을 받아야 한다. 전문의가 되기 위해 공부하는 사람이 환자를 일찍 죽게 하는 치료법을 배우고 있을 가능성이 아주 크다.

원래 대사증후군 예방을 위해 다이어트를 한다는 생각은 하루 평균 3,000kcal 이상 섭취하는 유럽과 미국을

기준으로 했기 때문에 일본에 직접 적용하는 것은 근본적으로 문제가 있다.

당뇨병이 심해서 치료를 위해 꼭 다이어트가 필요한 사람을 제외하고 **대부분의 고령자는 '지나친 과식'보다 '지나친 소식'이 더 위험하다**는 것이 내 견해다.

젊었을 때보다 살이 많이 쪄서 아무래도 몸 상태가 좋지 않다고 느낀다면 의사의 권유에 따라 다이어트나 운동을 하는 것도 좋다. 하지만 고령자는 안이하게 살을 빼면 안 된다.

나이가 든 후 다이어트를 하면 신진대사가 나빠져 노화가 진행된다.

체중을 줄이기 위해 탄수화물, 단백질, 지방을 제한하면 성호르몬과 세포막의 재료인 콜레스테롤이 부족해 몸이 시들고 지방이 너무 부족하면 피부의 탄력이 떨어져 노화가 진행된다.

통통한 할아버지, 통통한 할머니여도 아무 문제 없다. 너무 마른 몸보다는 통통한 몸이 좋다.

젊을 때는 영양이 좀 부족해도 체력으로 이겨낼 수 있지만, 나이가 들어 영양이 부족해지면 근육량이 줄어 활력이 저하되고 노쇠해지는 등 병상에 눕게 될 위험이 커진다.

건강검진 수치와 실제 건강은 별로 관계성이 없다

그렇다면 왜 의사들은 혈압과 혈당, 콜레스테롤 수치를 낮추려고 할까?

앞서 언급했듯이 미국의 의료 원칙을 적용하기 때문이다. 미국인의 사망원인 1위는 심장질환인데, 심장질환은 혈압, 혈당, 콜레스테롤 수치를 낮추면 예방할 수 있다고 여겨진다.

하지만 우리의 사망원인 1위는 암이다. 암으로 죽는 사람이 심근경색으로 죽는 사람의 12배나 된다.

미국인과 질병 구조, 식습관, 체격이 다른데도 미국의 모델을 채택하고 있다. 이상하지 않은가? 하지만 이것이 우리의 의료 현황이다.

그래서 나는 원래 건강검진은 받지 않는 편이 좋다고 생각한다.

잘 알려지지 않은 이야기지만, 건강검진에서 나타내

는 수치 대부분은, '건강한 사람(만성 질환을 앓고 있지 않은 사람)'의 평균값을 기준으로 하고 위아래 95%의 범위에 들어 있는 사람의 값을 건강하다고 하며, 그 범위에서 너무 높거나 너무 낮아서 벗어난 5%의 사람을 '이상'으로 판정한다.

예를 들어 콜레스테롤 수치가 비정상으로 나온다고 해도 그것은 평균치에서 벗어나 있다는 것이지 틀림없이 병에 걸린다는 증거가 되진 않는다.

일반적으로 건강검진에서는 50~60개 항목의 검사를 하지만, 그중 질병과의 인과관계가 분명한 것은 혈압과 혈당, 적혈구 수 등 기껏해야 5개 정도에 불과하다. 그 밖에 항목의 수치가 상당히 비정상적이 아니라면 미래의 수명과 관련이 있다는 증거가 없다.

이상이 있다고 판정이 난 이후로도 그냥 둔 사람은 심근경색이 생기지 않는데, 정상 수치였던 사람이 어느 날 갑자기 심근경색이 일어나기도 한다. 그 정도로 **건강검진 결과와 실제 건강 상태는 관련이 별로 없다.**

그런 검사 수치에 일희일비하기보다는 건강검진을 받

지 않는 편이 정신건강에 더 좋다고 생각한다. 무엇보다 **비정상으로 나온 수치를 개선하려고 노력하다가 오히려 건강을 해칠 수 있다는 것이 큰 문제다.**

나는 젊었을 때부터 건강검진은 받지 않는 편이 좋다고 생각했기 때문에 직장에서 시행하는 건강검진을 요령껏 잘 피해 다녔다. 만약 받았다면 30대부터 온갖 약을 먹어야 했을 것이다.

솔직히 말하자면, 건강검진은 병에 걸리지 않은 사람을 병들게 하는 측면이 있다. 고혈압과 고혈당이 얼마나 몸에 나쁜지, 정말로 치료가 필요한지 사실은 알 수 없는데도 쉽게 약을 내놓는다. 건강검진은 질병을 발견하고 약을 팔기 위한 도구가 되었다는 느낌이 아무래도 지워지지 않는다.

의사의 말을 맹목적으로 따르지 마라

성실한 사람일수록 의사가 시키는 대로 약을 먹고 정상 수치로 돌아오면 건강해질 수 있다고 강박관념처럼 믿는다. 하지만 의사의 지시에 따라 약을 챙겨 먹는 것이 오히려 몸을 나른하게 하거나 섬망(시간이나 장소를 갑자기 알 수 없게 되는 인식 장애나 수면장애, 환각과 망상 등의 증상을 일으키는 정신장애)이나 우울증을 유발하기도 한다.

오히려 별로 필요 없는 약은 먹지 않고 체중을 줄이라거나, 담배를 끊으라거나, 혈압을 낮추라는 의사의 말을 지키지 않아도 그럭저럭 건강하게 천수를 누릴 수 있는 사람이 많다. 그래서 **중요한 것은 수치보다는 그 사람의 주관적인 몸 상태다.**

아프면 몸이 알려주니까 몸의 소리가 들리면 그때 병원에 가면 된다. 별것 아닌 상태에서 병원에 가면 여러 가지 검사를 받고 나서 정말로 도움이 될지 안 될지 모르는 약을 먹는 신세가 된다. **검사 결과 수치에만 의존하면 정작 중요한 '몸의 소리'가 잘 들리지 않게 된다.**

처방받은 약을 먹고 몸이 안 좋아져서 병원에 갔는데 담당 의사가 '정상 수치를 유지해야 하니까 좀 불편하셔도 참으세요'라고 말한다면 나는 그 의사가 고령자를 진료할 자격이 없다고 생각한다.

얼마 전에 내가 진료를 받은 의사도 계속 수치에 대해 언급했다. 그 의사 선생은 평소 재택 의료를 하기 때문에 이해해 줄 거라고 내심 기대하고 심부전증 약을 받으러 갔는데 콜레스테롤 수치와 중성지방, 혈당이 전부 엄청나게 높다며 화를 냈다.

그래서 내가 '맛있는 음식을 참으면서까지 오래 살고 싶지 않다'라고 했더니 당신은 아직 62세밖에 안 되었다고 설교하기 시작했다. 타인에게 그런 식으로 삶의 방식을 강요할 자격이 의사에게 있는지 의문스러웠다.

이것은 내 삶의 방식이고 누구에게도 강요할 생각은 추호도 없다. 어떤 사람은 검사 데이터가 정상인 것이 더 행복할지도 모른다. 오래 사는 것에 연연하지 않고 자유롭게 살 것인지, 정상 수치를 최우선으로 두고 오래 살 것인지는 각자의 판단에 달려 있다. 그러나 의사가 하라는 대로 할 때는 그런 선택권조차 없다.

약물 부작용은 고령자일수록 쉽게 나타난다

나이가 들면 여러 질병에 걸리는 경우가 많고, 질병을 진료한 의사들로부터 제각기 다른 약을 처방받는다. 질병을 치료하는 약 외에도 혈압, 혈당, 콜레스테롤 수치를 조절하는 약이나 별로 힘들지도 않은데 골다공증약이 추가되기도 한다.

'식후 디저트'라는 농담을 하며 여기저기 병원에서 받은 약을 몇 알씩 물에 흘려보내는 노인도 있다.

나는 기본적으로 약을 쉽게 처방해서는 안 된다고 생

각한다.

말할 것도 없이 100% 안전한 약은 없다. **부작용이 없는 약은 없기 때문**이다. 한 번에 먹는 약의 양과 종류가 많아질수록 부작용이 나타날 확률도 커진다. 여러 자료에 따르면 6종류 이상 복용하면 부작용이 갑자기 증가한다고 알려져 있다. 게다가 약의 부작용은 젊은 사람보다 나이가 많은 사람에게 더 쉽게 발생한다. 나이가 들수록 약을 먹으면 간장(肝臟) 대사 기능과 신장(腎臟)의 여과 기능이 떨어져 약이 체내에 머무는 시간이 길어진다. 복용 직후에는 별다른 부작용이 나타나지 않더라도 얼마 후 예상치 못한 영향을 받는 경우가 드물지 않다. 여러 약을 복용하면, 신장 기능이 망가질 위험도 커진다.

의료 체계가 행위별 '수가제'였을 때는 검사와 투약 등의 의료행위를 많이 할수록 병원의 이익이 커지는 구조였다. 그래서 병을 고치기 위해서뿐만 아니라 만일을 대비한다거나 예방을 위해서라는 명목으로 많은 약이 처방되었다. 말하자면 약 강매다.

그런데 수액이나 투약을 아무리 해도 수입이 같은 입원 의료 '정액제'가 도입되면서, 어느 노인병원은 검사와 투약을 3분의 1로 줄였다. 그러자 수액을 과도하게 맞고 여러 가지 약을 복용해 멍하니 누워있던 노인 대부분이 의식이 명료해지고 스스로 걸어 다니게 되었다고 한다. 노인병원에서 이런 사례가 발생했다고 하니 정말 놀라운 일이다.

그 의사는 당신의 소중한 생명을 맡길 만한 의사인가?

의사들은 약의 부작용에 대해 거의 이야기하지 않지만 궁금한 점이 있다면, 주저하지 말고 질문해야 한다. 어느 정도 알아두면 증상을 느꼈을 때 차분하게 대처할 수 있다.

알려주기 귀찮아하는 의사도 환자가 녹음하거나 메모하려고 하면 자세를 바로 하고 알기 쉽게 설명해 주기도 한다.

그리고 **때로는 약을 버릴 용기도 필요**하다.

약 중에는 항암제처럼 부작용을 수반하는 약도 있고, 부작용이 생겨도 계속 복용하지 않으면 생명을 위협하는 중요한 약도 있다. 예를 들어 심부전 치료제, 항파킨슨제, 중증 우울증 치료제 등은 의사의 판단 없이 중단하면 병이 악화된다.

반면 혈압약처럼 건강에 좋다고 여겨지는 약은 먹지

않아도 갑자기 상태가 나빠지진 않는다.

"이 약을 먹었더니 몸 상태가 별로 안 좋은데요"라고 호소해도 일부 의사들은 "그래도 약이 잘 들어서 혈압이 정상이니까 계속 드세요"라고 권하는데, 그럴 때는 현명하게 처신하자.

"연금을 별로 많이 받지 않아서 약값이 부담스럽네요"라거나 적당한 말로 둘러댈 수도 있다.

가령 처방받은 약이 혈압이나 혈당을 낮춰 심혈관질환과 뇌혈관질환의 위험을 줄일 수도 있다. 그런데 '몸이 불편하다'고 계속 느끼는 상태에서 면역력이 확실히 떨어지기 때문에 그만큼 암이나 감염병에 걸릴 확률이 증가한다는 점을 고려해야 한다.

"지금 먹는 약은 이런 부작용이 있고 몸 상태가 좋지 않으니 비슷한 효과가 있고 근거가 확실한 약으로 바꿔주세요"라고 요청해도 무방하다. 미국 국립보건원(NIH) 홈페이지에는 일반적으로 사용되는 약과 치료법에 대한 근거 자료가 올라와 있으므로 의사들이 그 자료를 쉽게 확인할 수 있다.

그런 요청을 했다고 해서 담당 의사의 기분이 나빠진다면 그 사람은 소중한 생명을 맡길 만한 의사가 아니라고 판단하면 된다.

나이가 들면 대학병원보다 동네 병원 의사

그러면 좋은 의사, 좋은 병원을 찾으려면 어떻게 해야 할까?

나이가 들면 대학병원보다 지역에서 경험이 풍부한 동네 병원 의사에게 갈 것을 추천한다.

대학병원에서는 고도로 전문화된 진료가 가능하고 모든 종류의 과(科)가 있기에 여러 병원을 전전할 필요가 없어 편리하다. 그래서 많은 고령자가 대학병원을 믿고 통원하지만, 그들에게 대학병원이 최선의 선택이라고 할 수는 없다.

그 이유는 앞 장에서 이야기했듯이 인간의 몸 전체가 아닌 개별 장기에 특화된 장기별 진료 때문이다. 준텐도 의원처럼 종합 진료를 하는 대학병원도 있지만 대부분 장기별로 분화되어 있다.

중장년까지는 장기별로 고도화된 진료가 효과적이라고 생각한다.

실제로 많은 난치병 환자가 전문성이 뛰어난 장기별 진료 덕분에 목숨을 건졌다.

하지만 일반적으로 고령자들은 한 장기뿐만 아니라 여러 장기에 문제가 생긴다.

예를 들어 고혈압이고 콜레스테롤 수치가 높은 데다 가벼운 당뇨병도 있는 사람이 꽤 많다. 이 경우 순환기내과에서 혈압강하제나 콜레스테롤 수치를 낮추는 약을 처방받고 내분비 · 대사내과에서는 혈당을 낮추는 약을 처방받는다.

소변을 자주 보면 비뇨기과에서 방광 수축을 억제하는 약이 처방된다.

그런데 앞서 언급했듯이 나이가 들수록 여러 약제를 복용하면 부작용이 발생할 위험이 커진다.

장기별 진료로는 약의 부작용이나 본인의 전문이 아닌 다른 장기 질환 등도 판별하여 환자의 건강을 종합적으로 고려하기 어렵다.

고령자를 치료할 때는 '장기는 봐도 사람은 보지 않는' 장기별 진료가 아니라 '이 사람에게는 5가지 질환이 있지만, 신장과 간 기능이 저하되어 있을 테니 우선 치료를 바탕으로 먹는 약의 종류를 줄이자'는 식으로 환자의 나이와 전체적인 상태, 장기 질환을 모두 통틀어 볼 수 있는 종합 진료가 필요하다.

나이가 들면 대학병원보다 몸 전체의 상태를 파악하고 관리해 주는 동네 병원 의사 중 경험이 풍부한 사람에게 진료받는 것이 훨씬 건강을 잘 유지할 수 있다.

자신에게 맞는 좋은 의사를 찾는 방법

'좋은 의사'를 찾기가 쉽진 않지만 단적으로 말하면 **환자의 마음을 잘 돌보는 의사는 믿어도 된다.** 질병을 치료하는 데 그치지 않고 환자의 불안감이 사라졌는지, 치료를 통해 삶의 질이 향상되었는지와 같은 종합적인 시각으로 환자를 보는 의사야말로 진정한 '종합진료의(綜合診療醫)'다.

하지만 그런 의사들이 많지 않아 여러 병원을 돌아다니며 자신에게 맞는 좋은 의사를 찾아야 하는 것도 사실이다.

내가 생각하는 **좋은 병원은 '대기실에서 기다리는 환자가 건강한 병원'**이다. 종종 대기실에 노인들이 모여 만남의 장소처럼 쓰이는 병원이 있다. 반면 같은 지역에 비슷한 규모인데도 노인이 오지 않는 병원도 있다.

어떤 차이점이 있을까? 내가 보기에 가장 큰 차이는

의사의 '인품'이다.

만남의 장소가 되는 병원 의사는 노인들에게 무척 인기가 있다. 그들의 인기는 실력 때문이 아니라 '이야기를 잘 들어주고' '만나기만 해도 힘이 나기' 때문이다.

차분히 이야기를 들어주고 곁에 있어 줄 주치의를 찾을 수 있다면 그것이 최선이다. 만약 주치의가 감당할 수 없는 전문적 치료가 필요한 질병에 걸린다면 주치의에게 적절한 전문의를 소개받으면 된다.

그리고 주치의는 무엇보다 '자신과 잘 맞아야' 한다. 진료도 의사와 환자의 신뢰 관계 속에서 이루어지기 때문에 궁합이 맞지 않으면 좋은 진료를 할 수 없다. 잘 맞는 의사를 선택하면 그것만으로도 신체적, 정신적 건강을 유지할 수 있는 경우가 많다. 아무리 실력이 좋아도 그 의사를 만나기만 해도 마음이 피로해지면 좋은 의사라고 할 수 없다.

좋은 의사와 만나려면 운도 있어야 하겠지만, 운이 좋아지려면 적극적으로 발품을 팔아야 한다. 여러 의사를 만나다 보면 '이 선생님을 만나면 마음이 편해진다' '나하고 성격이 맞는 것 같다'라는 걸 알 수 있다. 고령자의 경우 '본인만의 명의'가 존재한다고 해도 과언이 아니다. 가능하다면 **병원에 기꺼이 갈 수 있는, 마음이 잘 맞는 의사가 가장 좋다.**

암에 걸려도 가능한 한 수술하지 않는다

암은 고령자들이 두려워하는 질병 중 하나다. 1981년 이래 사망원인 1위는 암이며, 70대 이후 유병률이 급격히 증가한다.

국립암센터 통계에 따르면 60대 남성의 7.8%, 여성의 12.4%가, 70대 남성 21.9%, 여성 21.2%로 증가하고 80대가 되면 남성 45.6%, 여성 32.8%로 뛰어오른다.

그러나 나는 고령자에게는 되도록 암 수술이나 항암

치료를 받지 말라고 권한다.

내가 일하던 요쿠후카이병원서 부검에 입회한 경험으로 보면 85세가 넘어서 암이 없는 사람은 없었다고 앞에서도 이야기했다. 사인이 암이었던 사람은 그중 3분의 1 정도이니 나머지는 암인 줄 모르고 '키운' 것이다. 나이가 들수록 암이 느리게 진행된다고 하는데 확실히 그런 경향이 있어 보인다.

다시 말하지만, 암은 사실 손 쓸 수 없을 때까지 증상이 나타나지 않는 경우가 많다. 즉 그렇게 아프거나 괴로운 병이 절대 아니다. 때가 오기 전까지는 의외로 정상적으로 생활할 수 있다. 특히 고령자의 경우는 더욱 그런 것 같다.

나는 지금까지 암 수술을 받은 어르신들과 안 받은 어르신들 수백 명을 보았지만, 수술이 성공하더라도 기력이 떨어져 맛있는 음식도 먹지 못하고 무섭게 야위어 순식간에 초췌해지는 사람이 많았다.

항암치료를 받아도 상당히 체력이 떨어져 사망할 때까지 몸 상태가 좋지 않은 사람도 많다.

노년에 암에 걸리면 체력이 많이 떨어질 것을 각오하고 수술을 받을지, 아니면 암과 공존하면서 영양 공급과 면역력 향상을 통해 남은 인생을 활동하면서 살아갈지 잘 생각해야 한다.

또 하나, 불안에 휘둘리기보다는 문제 해결책에 대한 정보를 모으는 것을 추천한다.

암 검진과 건강검진은 자주 받지만, 암으로 판명되면 어느 병원에서 치료받을지 미리 알아두는 사람은 드물다. 코로나바이러스와 마찬가지로 그저 걸리면 어떻게 하나, 무섭다는 식으로 여겨 불안만 키운다.

암 수술을 받더라도 체력을 떨어뜨리지 않기 위해 암만 절제하고 주변 장기는 건드리지 않는 수술을 할 수도 있다. 그러나 미리 찾아보지 않으면 정작 다급할 때 그렇게 할 수 있는 병원이 어디인지 찾기 쉽지 않다.

시간이 있을 때 미리 알아두면 검진을 통해 암이 발견된 병원에서 치료를 권유받고 원하지 않는 의료행위를 강요당할 확률을 크게 줄일 수 있다. **아무것도 모르는 채 그저 불안감을 키우기보다는 제대로 공부해서 해결법을**

찾는 것이 현명하다.

치매는 병이 아니라 노화의 일종이다

'치매에 걸리고 싶지 않아요' '노망이 나면 끝이에요'라고 생각하는 사람들이 많다.

그러나 치매의 실상과는 크게 다르다. 치매만큼 오해받는 질환은 없다고 생각할 정도로 사람들은 잘못된 인식을 하고 있다.

이 또한 불필요한 불안에 휘둘리지 않도록 치매에 대한 올바른 지식을 갖추는 것이 중요하다.

꼭 알아둬야 할 두 가지 사항이 있는데, 치매는 노화의 한 종류라는 것과 노화이기에 대개 천천히 진행되고 사람마다 차이도 크다는 것이다.

3,000명 이상의 치매 환자를 보아온 온 경험을 바탕으로 말하자면, **치매는 병이 아니라 어디까지나 노화 현상**이다. 나이가 들면 하체 힘이 약해지고 시력과 청력이 떨어지는 것과 마찬가지다.

수많은 노인의 부검 결과를 살펴보았지만 85세 이상의 뇌에 알츠하이머치매(뇌 신경세포가 정상보다 빨리 감소하여 인지기능이 점차 저하되는 질병으로 치매 중 가장 흔한 유형)가 없는 사람은 없었다.

즉 노화 현상으로 뇌의 퇴화가 불가피하다. 증상이 빨리 나타나는지 아닌지만 다를 뿐이다.

설사 증상이 나타나도 모두가 방황하거나 망상에 빠지진 않으며 그런 증상이 전혀 나타나지 않는 사람도 있고 나타나도 금방 가라앉는 사람도 있다. 자신이 처한 환경이나 주변 사람들과 교류하는 방식 혹은 본인이 받아들이는 방식에 따라서도 달라진다.

학자, 변호사 등 지적인 직업에 종사하는 많은 사람이 실제로 치매에 걸린 상태로 일한다.

자신의 전문 분야에 대한 지식과 과거에 배운 내용은

잊지 않기 때문이다.

현역 시절 치매에 걸린 정치인도 있다. 로널드 레이건 전 미국 대통령은 퇴임한 지 몇 년 만에 알츠하이머병을 고백했는데, 그때의 증상을 보면 대통령 재임 중에 이미 기억력에 문제가 생긴 것으로 보인다.

"기억나지 않습니다"를 연발하는 일본 정치인들은 혹시 치매가 아닐까?

나중에 치매였음을 알고 "아, 역시 그랬구나"하고 생각할지도 모르겠다.

안타깝게도 치매는 조기에 발견해도 효과적인 치료법이 거의 없다. 일반론으로 치면 치매가 조기 발견되면 운전을 그만두게 하거나 손주를 돌보거나 가게를 보던 일을 못하게 하기 일쑤다. 치매를 조기에 발견하고 치료하기 위해 뇌질환 종합검사를 받는 사람도 있는데, 오히려 해가 되는 면이 크다고 생각한다.

모두 함께 치매에 걸리면 무섭지 않다

현재 65세 이상 중 검사를 받았을 때 약 600만 명이 치매를 진단받을 것이라고 한다. 이 수치는 인구의 약 5%이며, 20명 중 1명꼴이다. 85세 이상은 약 40%, 90세 이상에서는 약 60%가 치매에 걸린다고 한다.

치매는 장수와 연관이 있기 때문에 인구가 고령화되고 장수할수록 치매 환자가 증가한다. 가까운 미래에 치매는 흔한 현상이 될 것이므로 두려워하지 않아도 된다.

늙으면 누구에게나 찾아오는 증상 중 하나일 뿐이므로 늙음을 받아들이겠다는 마음으로 치매도 받아들이는 편이 좋다. '치매이면 어쩌나'하는 불안에 사로잡혀 기억이 나지 않거나 잊어버리는 증상에만 신경 쓰다 보면 오히려 뇌의 노화가 진행되고 마음까지 시들어간다.

뇌의 노화를 막기 위해서는 뇌를 계속 사용하는 수밖에 없다. 뇌를 잘 사용하면 치매에 걸려도 상당 기간 일상생활을 할 수 있다.

- **나이가 들면 치매는 피할 수 없다**
- **하지만 천천히 진행된다**

이 두 가지 원칙을 인정한다면 유일한 방법은 '치매가 되면 그때 생각하자'라고 마음먹는 것이다.

다시 말해 같은 세대의 노망났다고 취급받는 노인들끼리 즐겁게 수다를 떨면 된다.

치매에 걸려도 옛날이야기는 얼마든지 할 수 있다. 이름이 입안에서 빙빙 돌아도 괜찮다. "봐봐, 그거 말이야, 그거" "아, 그렇지, 그거였네"라는 식으로 서로 찰떡같이 알아들으니 즐겁게 대화할 수 있다.

유쾌하게 감정을 발산하면 그것만으로도 전두엽이 자극을 받는다. 웃으면서 치매를 예방할 수 있다. 평소 수다를 떠는 구성원들이 모두 치매에 걸려도 서로 알아차리지 못하고 즐겁게 시간을 보낼 수 있다.

다 같이 치매에 걸리면 두려울 게 없다.

고령자 전문 정신과 의사로 근무한 내 경험에 비추어 보면, 치매가 어느 정도 진행되면 불쾌한 일을 잊어버려서인지 행복하고 밝은 사람들이 많다. 예를 들어 요양원에서는 환자끼리 다양한 활동으로 여가를 즐기거나 직원들과 웃으며 대화를 나눈다. **치매는 생각만큼 남에게 피해를 주는 노화 현상이 아니며, 진행될수록 오히려 미소 지으며 살아갈 수 있다.**

쾌활한 치매 노인, 사랑받는 치매 노인으로 지내는 노년은 나름대로 행복한 삶의 피날레를 장식할 수 있을 것이다.

가장 두려운 병은 '치매보다 무서운 우울증'

내가 진료하는 환자의 60~70%는 치매이고, 30% 정도가 우울증이다. 치매에 걸리면 행복해지는 사람이 많은데, 우울증은 비관적으로 변하고 남에게 폐를 끼치고 있다는 죄책감에 시달리는 사람이 많다. 게다가 매일 나른하고 식욕도 없고 음식을 먹어도 맛을 느끼지 못하는 괴로운 증상이 이어진다.

사실 나이 든 환자를 오랫동안 진찰해 온 내가 가장 두려워하는 병이 우울증이다. 여러 지역 주민의 조사에 따르면 우울증은 일반 인구의 3% 정도가 걸리지만 65세 이상이 되면 5%로 올라간다.

고령이 될수록 마음과 몸의 연관성이 강해진다. 즉, 마음이 약해지면 몸도 약해지고 반대로 몸이 약해지면 마음도 약해진다. 고령자는 몸뿐만 아니라 마음도 손상을 입기 쉽다.

실직, 배우자나 형제자매, 오랜 친구와의 사별, 노화로 인한 자신감 상실 등 강한 스트레스를 느낄 일들이 연달아 밀려온다. 또 나이가 들수록 신경전달물질이 감소하기 때문에 우울증에 걸리기 쉽다.

이렇게 고령자에게 친숙한 우울증이지만 그 두려움은

잘 알려지지 않았다.

우울증에 걸리고 식욕이 떨어지면 노인들은 쉽게 탈수 증상을 일으킨다.

탈수되면 혈액 속 수분 부족으로 혈액이 진해져 뇌경색이나 심근경색을 일으키기 쉽다. 면역 기능도 떨어져 폐렴에 쉽게 걸린다. 우울증으로 체력이 떨어져서 사망하는 일도 드물지 않다.

또한 가족이나 친한 친구와의 사별 등 거듭된 상실을 체험한 탓에 고립감에 빠져 힘들어하다가 스스로 목숨을 끊는 고령자도 상당히 많다.

우울증으로 죽지 않기 위한 처방전

우울증에 걸려 죽는 일은 어떻게든 피하고 싶을 것이

다. 다만, **우울증은 치매와 달리 치료법이 있다. 약이 의외로 효과가 좋다.**

우울증은 젊은 사람일수록 심리적 문제와 연관이 있는 경우가 많아서 젊은이에게는 약이 별로 효과가 없다. 하지만 노인의 경우에는 뇌의 신경전달물질인 세로토닌이 감소해 우울증이 생기기 때문에 세로토닌을 보충하면 매우 효과적이다.

뇌경색 후유증으로 편마비가 오고 손도 떨리는 데다 부인까지 먼저 간 노인들은 내 앞에서 "저는 이미 너무 오래 살았어요"라고 한탄한다. 그런 분을 볼 때마다 가슴이 답답해진다.

하지만 우울증으로 판단하고 약을 처방했더니 미소 띤 얼굴로 "나이가 든다는 건 이런 거군요"라며 식욕도 늘어난 모습을 보고 깜짝 놀라기도 한다.

평소에 세로토닌을 늘리면 우울증을 예방하는 효과가 있다.

예를 들어 세로토닌의 재료인 트립토판이 풍부하게 함유된 육류, 생선, 콩제품, 유제품, 바나나 등을 많이 섭취한다. 고기보다 생선과 유제품이 몸에 좋다고 생각하지만, 콜레스테롤 수치가 높은 사람은 우울증에 쉽게 걸리지 않는다고 밝혀졌고 고령이 되면 동맥경화 예방보다는 정신건강을 우선시해야 한다고 생각해 육류를 추천하고 있다.

고령자는 '덧셈 의료'로 건강을 유지한다

나는 수많은 고령자를 진료하면서 나이가 들면 넘침으로 인한 해악보다 부족함으로 인한 해악이 훨씬 크다는 사실을 깨달았고, 노인의 건강을 유지하려면 덧셈 방식이 필수라고 생각하게 되었다.

고령이 되면 아무래도 영양과 운동, 성호르몬 등 부족한 요소들이 늘어난다.

나이가 들수록 검사에서 이상이 있다고 나오는 수치를 낮추는 '뺄셈 의료'보다 부족하지만 **필요한 것을 더해서 건강을 유지하자는 게 내가 생각하는 '덧셈 의료'다.**

뇌 속 세로토닌도 그렇지만 고령자를 간병이 필요한 상태로 만들지 않는 중요한 요소로 특히 남성의 경우는 남성호르몬을 추가해줘야 한다.

앞에서 잠깐 언급했지만, 남성호르몬이 줄어들면 의욕이 떨어지고 외출을 꺼리게 되어 간병이 필요해질 위험이 커진다.

기억력과 판단력이 저하되고 남들과 소통하기도 점점 귀찮아진다. 그래서 아내에게 찰싹 달라붙어 떨어지지 않아 아내가 힘들어하기도 하는데, 인간관계가 희박해지면 치매가 생길 확률이 커진다.

또 하나 중요한 점은 남성호르몬은 운동선수의 도핑에 사용될 정도로 근육을 잘 생성한다. 다시 말해 같은 운동을 해도 남성호르몬이 많은 사람은 근육이 더 잘 생긴다.

그런데 나이가 들면서 남성호르몬이 줄어들면 운동을

해도 근육이 잘 생기지 않는다.

이렇게 되면 근육량과 근력이 저하되는 근감소증, 뼈와 관절에도 장애가 생겨 보행 기능이 저하되는 운동기능저하증후군(로코모티브 신드롬) 등 노쇠함의 일종인 운동기능 장애를 일으킬 수 있다.

남성호르몬을 유지하지 않으면, 다리와 허리가 약해지고 두뇌 회전도 떨어지며 의욕이 감소해 인간관계 자체가 귀찮아진다. 즉 점점 더 쇠약해지는 고독한 노인이 되는 길로 쏜살같이 달음질쳐 내려갈 것이다.

사실 우리 병원 환자분들 중에는 남성호르몬이 부족한 사람들이 많은데, 대체로 주사 처방을 하여 남성호르몬을 추가하면 눈에 띄게 건강해진다.

75세쯤 되는 남성이 모처럼 아침에 발기했고 10년 만에 여자가 있는 유흥업소에 갔다는 메일을 받은 적도 있다. 집에 있는 부인은 어떻게 생각할지 모르겠지만, 그분은 부인이 치매에 걸리고 나서 계속 간호해왔으므로, 그 정도는 용서해도 좋지 않을까 생각한다. 그만큼 건강해졌다는 뜻이다.

고기를 먹고, 운동하고, 남성호르몬을 늘린다

남성호르몬을 주입하는 주사나 약이 싫다면 육류를 섭취하자. 육류에 많이 함유된 콜레스테롤은 남성호르몬의 주요 성분이다. 앞서 말했듯이 콜레스테롤 수치가 높으면 우울증에 쉽게 걸리지 않는다. 흔히 굴이나 마늘이 '정력이 좋다'고 하는데 실제로 남성호르몬을 증가시키는 아연이 많이 들어 있으니 꼭 식단에 넣도록 하자.

또한 남성호르몬을 늘리려면 운동을 하는 것이 좋다. 그리고 또 하나, 야한 동영상을 보거나 여자가 있는 술집에 갈 것을 추천한다. 그때는 부인에게 들키지 않도록 조심하자.

행인지 불행인지 여성은 폐경기가 되면 남성호르몬이 오히려 증가하기 때문에 나이가 들어 건강해지는 여성이 의외로 많다. 사교생활도 활발하게 해서 70대 단체 여행은 대부분 여성이다. 그런 의미에서 여성으로 태어나 다

행이지만, 남성호르몬의 중요성에 주목해서 남편과 아내가 둘 다 남성호르몬이 증가할 수 있도록 여러 방법을 실천해보자.

'종합병원'이지만 매일 행복하게 살고 있다

슬슬 인생의 막바지인가 생각할 때 죽음에 이르기 전까지 1초라도 더 오래 살고 싶은가? 밥을 반만 먹고 단 것도 안 먹고 열심히 살을 뺄 것인가? 아니면 앞으로 얼마나 더 살지 모르겠지만, 먹을 수 있는 동안은 좋아하는 음식을 먹고 싶은가? 이 내용을 자문자답해보자.

장기(臟器)와 검사 수치만 본다면 내장지방을 줄이는 게 정답일 것 같겠지만, 여러 가지 하고 싶은 일을 참으면서 얼마나 오래 살 수 있는지 차분히 생각해 보자.

나는 지금 62세인데 노인전문 정신과 전문의로서 일하면서 '장수'보다는 '인생의 즐거움'을 선택했다. 그런 내가 매일 실천하는 '저자식 건강법'을 소개하겠다.

아시다시피 나는 혈당, 혈압, 콜레스테롤, 중성지방이 모두 기준치보다 훨씬 높으므로 현대의학에서 말하는 이른바 '종합병원'에 해당한다. 하지만 식단 제한을 전혀 하지 않는다. 노인 의료에 종사하면서 '좋아하는 것을 먹으며 행복을 느끼는 것이 몸과 마음이 늙지 않는다'고 배웠기 때문이다.

운동은 매일 하고 있다. 아침에 일어나서 원고를 쓰기 시작함과 동시에 20분간 '식스패드'를 장착해 복근과 허리를 자극한다. 그 후 진동 머신으로 10분 동안 체간과 속근육을 단련하고 마지막으로 스쿼트를 10회, 딱 1분 정도이지만 꾸준히 하고 있다.

혈당이 660㎎/㎗을 넘었을 때는 인슐린 주사를 맞고 싶지 않아서 어떻게든 수치를 낮출 방법이 없을까 하고 이것저것 찾다가 도달한 것이 '아침 3종 세트'였다.

아무리 수치에 신경 쓰지 않는다고 해도 정상치의 6

배 이상 올라가면 부작용이 발생한다. 당시에는 여러 가지 약도 먹어봤다. 그런데 결국 약으로는 혈당이 떨어지지 않고 하체의 다리 근육을 키우면 효과적이라는 논문을 발견하고 데일리 루틴으로 도입했더니 혈당을 300㎎/㎗ 안팎까지 낮출 수가 있었다.

하루에 총 30분 걷기도 나의 데일리 루틴이다. 점심을 먹으러 나가거나 저녁을 사러 갈 때 등 분산해서 걷는다. 하지 근육이 강화되고 햇볕을 많이 쬐면 '행복의 물질'이라고 불리는 신경전달물질 세로토닌 분비가 촉진된다.

다시 말하지만, **세로토닌이 부족하면 우울증이 생길 수 있다. 기분이 우울할수록 햇볕 아래를 걸어야 한다.**

약은 되도록 먹지 않았지만, 혈압이 갑자기 올라 심부전증이 생기지 않도록 혈압약은 몇 가지 복용해왔다. 혈당은 운동으로 낮출 수 있지만, 혈압은 약을 쓰지 않으면 좋아지지 않는다. 식사 중 염분을 엄격하게 제한하면 떨어지겠지만 맛있는 음식을 먹지 못하게 되는 방법은 피하고 싶었다.

음식 이야기가 나와서 말인데, 아침에 먹는 요구르트

에는 항상 강황, 계피, 고수가 섞인 향신료를 뿌린다. 이 향신료들은 모두 항산화 효과가 뛰어나고 동맥경화 예방에 좋고 혈관의 탄성을 개선하는 등 젊어지는 효과가 있다고 해서 몇 년 전부터 꾸준히 섭취하고 있다.

향신료와 운동, 약의 조합으로 50대 시절에는 80세로 진단받았던 혈관 나이가 실제 나이보다 다소 높지만 60대까지 회복했다.

혈압도 약에 따라서 한때 정상치인 140㎜Hg까지 낮췄지만, 머리가 잘 돌아가지 않고 기력이 떨어졌다. 지금은 170㎜Hg 정도로 조절하고 있다. 표준보다 높은 수치이지만 나에게는 이 수치가 가장 기분 좋게 지낼 수 있는 상태다.

콜레스테롤 수치는 300 이하, 중성지방은 600 정도다. 이른바 정상치를 훨씬 웃돌고 있지만, 이 수치들은 높은 편이 건강에 좋다고 판단해 아예 내버려 두고 있다. 그렇긴 한데 최근 중성지방이 1,000을 넘어서면서 아무래도 식습관에 신경을 쓰고 있긴 하다.

4장

최상의 삶의 방식은 '죽는 곳'에서 결정된다

— 자택보다 시설에서의 마지막을 추천하는 이유

제4장

최상의 삶의 방식은 '죽는 곳'에서 결정된다

✻ 치매가 진행되면 안락사하고 싶다거나, 병상에 누우면 사람들에게 폐를 끼치기 때문에 죽게 해달라고 말하는 사람이 적지 않다. 해외에서 안락사 연구를 하는 학자들에 따르면 보통은 통증과 괴로움을 견디지 못해 안락사를 선택하지, 남에게 폐를 끼치니까 안락사를 시켜달라고 하는 사람은 거의 없다고 한다.

남자는 평균 9년, 여자는 12년 일상생활에서 지장을 겪는다

여기서 다시 한번 평균 수명과 건강수명을 살펴보자. 우선 평균 수명은 남성이 81.47년, 여성은 87.57년(2021년)이다. 반면 심신이 독립적인 생활을 할 수 있는 '건강수명'의 평균은 남성이 72.68세, 여성이 75.38세(2019년)로 남성은 약 9년, 여성은 약 12년이라는 차이가 있다.

세계보건기구(WHO)에 따르면 건강수명의 정의는 '건강상의 문제로 일상생활을 제한받지 않고 생활할 수 있는 기간'을 말하며, 건강수명 이후에는 어떤 건강상의 문제로 일상생활에 제약이 생긴다. 그 기간이 남성은 약 9년, 여성은 약 12년이라는 뜻인데, 그렇다고 그 기간 내내 간병이나 공공 지원을 받는다는 말은 아니다. 물론 간병을 받거나 간병 서비스를 받는 사람도 있지만, 쉽게 말해 '젊었을 때보다 더 불편함을 느끼는 기간'으로 해석하면 된다. 많은 독자가 이 기간이 이렇게 길다니 놀랐을 것이다.

물론 이것은 통계상의 숫자일 뿐이다. 앞 장에서 말했듯이 70대 이후에는 개인차도 크다. 90세가 넘었는데도 밭일을 하면서 혼자 사는 아주 건강한 노인들도 꽤 있다.

그러나 그런 사람도 포함해서 누구나 언젠가는 다른 사람에게 의지할 수밖에 없다.

연령대별로 보면 지원과 간병이 필요하다고 인정받는 사람의 비율은 65~69세에서는 2.9%이지만 70~74세는 5.8%, 75~79세는 12.7%, 80~84세에서는 26.4%, 85세 이상에서는 59.8%로 80세 이상이 되면 그 비율이 확 뛰어오른다(후생노동성 〈개호급부비 등 실태통계월보〉, 총무성 〈인구추계월보〉의 2021년 10월 자료에 근거해 공익재단법인 생명보험문화센터가 작성함).

고령자의 경우 그때까지 건강하게 살아오다가도 실수로 넘어져 대퇴골이 부러져서 한 달만 누워서 지내면 다시는 걷지 못하는 사람도 많다. '난 괜찮겠지'라고 낙관하면 안 된다.

따라서 **마지막 여행을 떠나기 전까지의 '삶'**을 충실하게 보내고 싶다면, 나의 '마지막 거처'가 어디일지, 어디서 어떻게 최후를 맞이하고 싶은지, 누가 나를 돌볼지 결정하는 것이 중요하다.

당신은 어디에서 죽고 싶은가요? 내 집이 60%, 요양시설이 30%

최후를 맞이하는 곳은 크게 병원, 요양시설, 자택으로 나눌 수 있으며 특징을 간략히 살펴보면 다음과 같다.

【병원】

의사와 간호사가 상주하기 때문에 응급상황이 발생했을 때 즉각 대응할 수 있어서 안심할 수 있다. 그러나 생명 연장을 위해 불필요한 치료를 받을 가능성이 크다는 단점도 있다. 연명 치료를 거부하는 존엄사 선언서를 작성했다 해도 가족과 의사에게 제대로 공유되지 않으면 자신이 원하는 죽음을 이루기가 상당히 어렵다.

또한 요양시설처럼 생활을 중시하는 환경이 아니므로 면회 인원이나 시간에 제한이 있어 종말기에 가족을 원하는 만큼 보지 못할 수도 있다.

【요양시설】

간병을 할 수 있는 시설이면 그곳에서 최후를 맞이할 수 있다.

여기서 말하는 간병은 치료를 통해 생명을 연장하지 않고 남은 시간을 충실하게 보내기 위해 고통과 불쾌감을 덜어주면서 최후의 순간까지 환자를 돌보는 것을 말한다.

요즘 공적(公的) 특별양로노인홈[特別養護老人Home=特養(특양)]과 개호노인보건시설[介護老人保健施設=노건(老健)]을 비롯해, 민간(民間) 간병이 가능한 유료노인홈(有料老人Home)과 치매 케어가 가능한 커뮤니티 케어(그룹홈), 서비스를 받을 수 있는 고령자 대상 주택[고주(高柱)]

등에서 간병 서비스를 받을 수 있다.

요양시설의 간병은 요양보호사(개호 스탭이라고 한다)의 돌봄으로 유지된다. 종말기에 나름대로 정든 시설에서 친숙한 직원에게 보살핌을 받을 수 있다는 안정감이 특징이다.

반면 대부분의 시설에서는 의사와 간호사의 근무 시간이 제한되어 있어 야간이나 응급상황이 발생했을 때 신속한 진료를 받기 어렵다는 단점이 있다.

또한 임종이 가까워졌을 때 병원에 보내는 시설도 있으므로 확인이 필요하다.

【자택】

정든 환경에서 자유롭게 생활할 수 있고, 임종을 가족이 지켜볼 수 있다. 가족뿐만 아니라 의사, 간호사 등 의료진과 간병인, 돌봄 담당자(돌봄 지원 전문가)와의 협력과 연계가 필수다.

가정방문 간호사가 증가하고 있으므로 혼자 살아도 자기 집에서 죽을 수는 있다. 그러나 재택 간병을 희망해도 무슨 일이 생기면 결국 구급차를 부르고 대부분 병원에서 연명 치료를 하게 된다.

2017년도 후생노동성의 조사에 따르면 약 80%가 인생의 마지막을 '집'에서 마감하고 싶다고 답했다.

후생노동성에 비해 표본 수는 적지만 2020년 일본재단에서 실시한 '인생의 최후를 맞이하는 방법에 관한 전국 조사'도 귀중한 참고 자료다.

67~81세를 대상으로 조사한 결과, 죽음이 임박했음을 알았을 때 인생의 최후를 맞이하고 싶은 장소로는 38.8%가 '자택', 33.9%가 병원 등의 '의료시설'이라고 답했다. 집을 선택한 이유로는 '나답게 있을 수 있다' '익숙하다'가 많았다.

한편, 피하고 싶은 장소로는 42.1%가 '자식 집'을 꼽고 있는 점이 흥미롭다. 어디서 삶을 마감해야 할지 생각할 때 중시하는 것은 95.1%가 '가족에게 부담이 되지 않는 것'이 가장 많았는데, 자녀 세대인 35~59세의 남녀는, 85.7%가 '(부모님이) 가족과 충분한 시간을 보낼 수 있는 것'이라고 답했다. 부모와 자식의 생각에 격차가 있음을 알 수 있다.

많은 사람이 집에서 생을 마감하고 싶다고 답했지만 실제로는 80%가 병원에서 숨을 거둔다. 이것은 가능하면 집에서 죽고 싶지만, 현실적으로는 어려운 문제임을 보여준다.

전혀 다른 '재택 돌봄'과 '재택 개호'

'집에서 맞는 죽음'에도 두 종류가 있다.

하나는 '재택 돌봄'이다. 말기 암 등으로 더이상 나을 가망이 없고, 여명을 선고받은 환자를 집에서 간호하고 가족이 지켜보는 가운데 마지막을 맞이하게끔 한다.

이 경우 남은 수명이 반년이나 1년 등 기한이 정해져 있는 데다 의식도 있어서 대화가 통하기 때문에 추억을 쌓을 수 있다고 생각한다. 그래서 가족과 환자가 대개 만족하고 최후를 맞이한다.

게다가 지금 병원에서 마지막 생을 보낸다면 가족도 만나지 못하고 죽는 비참한 상황이 될 수도 있다. 코로나

19가 유행한 이후 대부분의 병원에서는 병문안을 허용하지 않고 있으며, 코로나 환자뿐만 아니라 매년 100만 명 정도의 입원 환자들이 가족들을 보지 못하고 숨지는 것으로 추정된다.

그 사람들은 편히 눈을 감을 수 있었을까? 인간의 존엄성을 완전히 무시했는데 말이다. **인생의 막을 내릴 때 가족끼리 추억을 만들고 서로에게 작별을 고하는 것은 인간의 당연한 의식이 아닐까?**

그런 의미에서 죽음이 임박한 질병이라면 자기 집에서 죽는 것이 가장 행복하게 죽는 방법이라고 나는 생각한다.

또 다른 유형의 '집에서 맞는 죽음'으로는 치매나 누워만 있는 사람을 집에서 마지막까지 지켜보는 **'재택 개호(간병)'이다. 이것은 따로 기한이 없다.**

어떤 상태에서 언제까지 간병을 계속해야 할지 전혀 모르니 출구가 보이지 않는 터널 같다.

마지막까지 집에 있고 싶다는 소원을 들어주고 싶다

며 재택 개호를 시작한 마음씨 좋은 가족도 기간이 길어질수록 점점 피폐해진다. 85세가 넘으면 약 40%가 치매에 걸리기 때문에 치매가 진행되면 아무리 정성껏 돌봐주어도 감사의 말은커녕 기저귀를 갈아주다가 걷어차이기 일쑤다.

사랑하니까 끝까지 잘 보살피자, 나 때문에 고생했으니 효도하자고 생각해도 결국 사랑하는 그 사람을 싫어하게 될 수도 있다.

국가가 집에서 사망하도록 권하는 불편한 진실

간병이 필요한데 집에서는 끝까지 돌볼 수 없는 경우, 1990년대 중반까지는 '사회적 입원'이라고 불리는 입원이 당연하게 여겨졌다. 입원이 필요한 질병이 없어도 장기 입원이 가능하고 실질적인 간호는 병원이 담당했다.

그런데 의료 재정이 부족해지자 적극적 치료를 하지 않는 노인병원의 사회적 입원은 의료비 낭비라는 비난을 받게 되었다.

또 필요도 없는데 수액이나 약을 내놓아 노인을 먹잇감으로 돈을 벌려는 악덕병원이 적발되기도 했고 아무리 치료해도 혹은 치료하지 않아도 병원 수입이 변하지 않는 정액제가 도입되자 장기 입원에 보험점수를 줄이는 방침까지 나왔다.

그에 이어서 기존의 노인병원은 '개호요양형의료시설(요양병동)'로 불리며 그 수가 점점 줄어들더니 2023년 말 완전 폐지되기로 결정되었다.

일반적으로 시설 간병보다는 재택 개호가 비용이 적게 들고 그편이 국가와 지자체로써도 지출이 적다. 그래서 **정부는 재택 개호와 재택 돌봄을 혼용하여 '재택사(집에서 맞이하는 죽음)'라는 용어를 사용하면서 가능한 한 지출을 하지 않아도 되도록 재택 개호를 권하는 것이 현실이다.**

언론도 바빠서 그렇겠지만 정확하게 가려서 쓰지 않는 사람이 훨씬 많기 때문에 재택 돌봄과 재택 개호를 구분하지 않고 쓴다. '죽을 때는 집에 있는 게 낫다'며 정부가 돈을 아끼기 위해 시작한 제도를 미담으로 포장하고 있다.

재택 개호가 일본의 미풍양속이라는 말은 새빨간 거짓말이다

과거에 '재택 개호는 일본의 미풍양속'이라고 단언한 일본 정치인이 있었다. 이 말에 고개를 끄덕이는 사람들이 꽤 많겠지만, 실제로는 '재택 개호'라는 전통은 없다.

앞서 언급했듯이 일본인의 평균 수명이 50세를 넘은 것은 일본의 베이비붐 세대, 즉 단카이세대가 태어난 1947년이다. **제2차 세계대전 이전의 일본은 선진국 중에**

서 가장 수명이 짧았다. 당연히 집에서 간병을 받아야 하는 고령자의 수도 적었다. 간병이 필요한 상태까지 오래 살았던 사람은 3% 정도였을 것이다.

즉 일본은 애초에 '재택 개호는 일본의 미풍양속'이라고 말할 수 있는 상황이 아니었다.

옛날 일본인이 단명했던 원인은 결핵 등 감염병이 많아 그것을 이겨내지 못했고 서민의 영양과 위생 상태가 지금과는 비교할 수 없을 정도로 열악했기 때문이다.

다시 말해, 오래 살려면 위생 상태가 좋은 환경에서

살고 영양 상태도 좋아야 한다. 경제적으로 여유 있는 가정만이 이 요건을 충족할 수 있었다. 요컨대 장수할 수 있는 사람들은 대부분 부자였다.

부모가 오래 살았던 가정에는 대개 가정부가 있었다. 제2차 세계대전 전부터 전쟁이 끝난 후라는 짧은 시기에는 빈곤을 구제하는 복지 제도가 거의 없었기 때문에 형제자매가 많은 가난한 가정에서는 식비를 줄이지 않으면 살아갈 수 없었다. 당시에는 여성의 일자리가 적었기 때문에 여러 가지 인맥에 의지해 부잣집에 입주 가정부로 들어가 일하는 여성이 많았다.

전쟁이 끝난 뒤 일본에서도 1950년대부터 60년대까지 중산층 이상의 가정에서는 당연한 듯이 가정부를 고용했다. 60년대 후반에는 '코메트 양(コメットさん)'이라는 살림꾼이 활약하는 TV 드라마가 아이들의 인기를 끌었는데, 코메트 양을 고용했던 가정은 회사원인 남편과 전업주부, 두 자녀가 있었던 것으로 기억한다.

이런 가정에서 간병이 필요한 고령자가 있었다면 당연히 가정부가 매일 돌봤을 것이다. 가족과 함께 사는 사람이 돌봐주는 안정감도 있고, 입주니까 시간대를 신경 쓸 필요도 없다.

좀더 부잣집이면 가정부가 여럿인 경우도 드물지 않았기 때문에 부모가 둘 다 병석에 누웠다고 해도 간병을 전문으로 하는 사람을 고용할 수 있었을 것이다. 당시의 중산층 이상의 주부는 지금과는 비교할 수 없을 정도로 편했다.

이렇게 사회 상황을 돌아보면, 가족이 절박한 상황으로 집에서 간병할 수밖에 없게 된 시기는, 사회적 입원이 불가능해진 최근 20~25년간의 일임을 확실히 알 수 있다. 재택 개호는 일본의 전통이라는 둥, 미풍양속이라는 둥 말하는 사람은 이런 사실을 전혀 모르고 있다.

가장 큰 잘못은 있지도 않은 환상을 강요한 탓에, 부모를 요양원에 맡기는 사람들이 죄책감과 찜찜함에 시달리게 하는 것이다.

간병에 지쳐 시설에 모시고 싶은 마음이 간절한 사람도, 주위로부터 '낳고 키워준 부모를 버릴 생각이냐'고 하면 할 말이 없다. 그런 식으로 간병하는 사람들을 궁지에 몰아넣었다.

내가 시설을 추천하는 이유

치매나 병상에 누운 부모 또는 배우자를 돌보기를 매우 좋아하고, 그것을 삶의 보람으로 여기는 사람 외에는, 나는 집보다는 시설을 권한다.

적어도 의무감 때문에 재택 개호를 선택하지는 말자.

'자식이 부모를 모시는 게 당연하다.'

'인연이 되어 결혼했으니 끝까지 잘 돌봐주고 싶다'는 감정적인 동기만으로 가족을 돌보면 오래가지 못한다. 증상이 가벼울 때는 어떻게든 극복해도 심각해지면 사랑만으로 대처할 수 없다.

잠깐 내 환자(여성)의 이야기를 해보자.

그 환자의 남편이 외동이어서 그녀는 시어머니의 간병을 도맡았다.

고지식한 성격으로 모든 것을 혼자서 완벽하게 해야 한다는 생각이 강했고, 결국 간병 우울증과 같은 상태가 되어 우리 병원을 찾아왔다.

결과적으로 차라리 남에게 맡기는 게 낫겠다는 생각이 들어 부부가 상의 끝에 시어머니를 병원에 입원시켰다. 그런데 그 병원은 좋지 않은 곳이었다. 시어머니에게 여러 가지 약을 처방해 거의 잠든 것 같은 상태가 되었고 결국 입원한 지 두 달도 안 되어 돌아가셨다고 한다.

그러자 이번에는 남편이 나쁜 병원에 어머니를 맡겨서 돌아가시게 했다는 자책감에 빠져 우울증이 생겼다.

만약 남편에게 형제자매가 많았다면 결과는 좀 달라졌을 수 있다.

도와줄 사람이 많을수록 간병을 하는 쪽도 받는 쪽도 부담이 적고 만족스럽게 간병할 수 있다. 그런데 형제자매가 적으면 간병에 관한 신체적 · 정신적 · 경제적 부담이 한둘밖에 없는 자녀에게 큰 부담이 된다.

간병은 혼자서 감당할 수 있을 정도로 만만하지 않다

형제자매가 있어도 멀리 떨어져 살거나 일이 바빠서 간병에 참여하지 못하거나 혹은 부모님에 대해 신경을 쓰지 않는 등 다양한 이유로 한 자식이 부모를 돌보는 경우도 많다.

65세 이상의 부모나 배우자를 65세 이상의 자녀나 배우자가 간호하는 노노(老老)간병이 늘어나고 있다.

하지만 간병은 혼자서 감당할 수 있을 정도로 만만하지 않다. 이로 인해 간병 이직이나 간병으로 인한 우울, 학대, 때로는 살인이라는 비극이 발생하는 것에서도 그 무게를 짐작할 수 있다.

집에서 간병하는 사람을 대상으로 한 설문조사에 따르면, 노인을 학대한 경험이 있다는 사람이 40%나 되었다. 한 식구니까 자신이 상대방을 가장 잘 안다고 생각하겠지만, 치매가 진행되면 그렇게 되지 않는다.

"오늘 저녁은 뭐야?"라는 질문을 받았는데, 몇 분 후 또 같은 말을 묻는다.

몇 번이나 타일렀는데 잊어버리거나 실수하거나, 이것도 싫다거나 저것도 싫다거나 하면 버럭 화가 난다.

하지만 요양시설의 직원은 간병 전문가이므로 그런 일에 익숙해서 화를 내지 않는다. 노인을 다루는 데 능숙하므로 간병을 받는 사람도 마음을 상하지 않고 해결되는 장점이 있다. 반면 **가족은 간병을 받는 쪽의 정신적 케어에 중점을 두고 그 성격에 따른 간병하는 방식을 형성하는 데 전념하는 것이 훨씬 합리적**이고 서로 좋은 관계를 유지할 수 있다.

시설에 들어가면 언론에서 보도되듯이 돌봄을 소홀히 하거나 학대하지 않을지 걱정이 될 수도 있지만, 그것은 극히 일부의 사례이기 때문에 TV에서 다루는 것이다.

앞서 소개한 일본재단의 '인생의 마지막을 맞이하는 방법에 관한 국민조사'에서도 부모와 자식의 생각에 차이가 있음이 드러났다.

가족이 무조건 희생해서 일을 그만두고 집에서 간병하는 것이 나을까? 아니면 전문가의 돌봄 서비스로 심신을 쾌적하게 지내고 때때로 찾아오는 가족과 웃으면서 지내는 것이 좋을까?

건강할 때 자신 노후의 마지막에 대해 차분하게 생각해 보고, 간병(개호)과 돌봄에 관해 가족들이 충분히 대화를 나눌 필요가 있다.

'개호보험제도'를 모르면 노후에 큰 손해를 본다

개호보험제도는 간병이 필요한 고령자의 증가, 핵가

족화, 간병으로 인한 이직이 사회 문제가 되는 가운데, 가족의 부담을 줄이고 간병을 사회 전체에서 지원한다는 목적으로 2000년 4월에 신설되었다.

그 이후로 돈이 너무 많이 든다는 이유로 내용이 변해왔는데, 그 부분에 대해서는 나중에 이야기하기로 하겠다. 그래도 이 제도에 통해 다양한 간병 서비스를 받을 수 있게 되었다.

이 제도 덕분에 일을 계속할 수 있고 편해졌다는 가족이 늘고 있다.

옛날 같으면 치매 진단을 받으면 집에 갇혀 지내던 노인들이 데이 서비스(시설에 다니며 당일치기로 받는 돌봄서비스)를 이용해 치매 진행을 늦출 수 있다.

무엇보다 시행된 지 20년이 넘었고, 간병이 필요한 노인들을 직원들이 대하는 방식도 훨씬 좋아졌다.

전문가란 이런 거구나, 하고 감탄하는 수준이며 아마도 가족들은 절대 흉내낼 수 없을 것이다.

하지만 벌써 20년이 넘었는데, 이 제도에 대해 이름만 아는 사람이 너무 많다.

지금은 건강하다고 해도 '개호보험제도'는 노후의 인생 설계를 할 때 없어서는 안 될 제도다.

애당초 노후에 대해 가장 불안하게 생각하는 것은 돌봄에 대해서일 것이다.

'배우자가 치매에 걸리면 어떻게 하지' '부모 간병은 어떻게 하지' '내가 병들어 누우면 어떻게 하지'

이런 생각을 해보지 않은 사람이 있을까?

적어도 노년의 입구에 설 때는 개호보험제도의 개요만이라도 알아두자. 시청이나 구청에 가면 간병서비스에 대해 간략하게 정리한 소책자가 비치되어 있고, 인터넷에서 검색하면 얼마든지 정보를 수집할 수 있다.

간략하게 설명하자면, **개호보험은 40세 이상의 국민이 보험료를 납입하고, 50세 이후 지원이나 간병이 필요할 때 혜택과 서비스를 받을 수 있는 제도다.**

개호보험 서비스를 받기 위해서는 우선 소속 기관의 창구에서 간병 인정 신청을 해야 한다. 이후 지방자치단체 공무원의 방문 청취조사와 주치의의 의견서를 통해 간병 등급이 결정된다. 간병 등급은(일본에서는 '요개호도'라고 한다.–옮긴이)는 가벼운 순서부터 요지원 1~2, 요개호 1~5의 7단계로 구분되며, 이 등급에 따라 매월 서비스를 받을 수 있다.

재택 간병의 경우, 이용할 수 있는 주요 서비스는 다음과 같다.

가정방문 서비스로는 홈헬프서비스(방문돌봄), 가정방문 목욕, 가정방문 간병, 방문 재활, 야간대응 방문돌봄, 주기적 순회 및 수시 가정 간병 등이다.

시설을 이용하는 서비스로는 데이 서비스, 데이 케어(재활), 쇼트 스테이(단기 입소 생활 간병) 등이 있다.

또, 휠체어나 간호 침대 등의 복지 도구를 빌릴 수 있다. 또한 전액은 아니지만 주택 개보수 비용은 가정 내 난간 설치, 단차 해소, 바닥재와 출입문 교체 등에 소요되는 비용을 지원받을 수 있다.

가장 낮은 등급인 요지원 1이라도 일주일에 두 번 도우미가 와주기 때문에 식사 준비와 청소 및 세탁을 요청할 수 있다.

월 이용 가능한 서비스 한도액(2023년 3월 기준)은 요지원 1의 경우 5만 320엔이다. 요개호 1은 16만 7,650엔, 요개호 3은 27만 480엔 그리고 요개호 5는 33만 2,170엔이다. 덧붙여 소득에 따라 10~30%는 자기 부담이다.

시설에 입소하더라도 간병 등급에 따라 개호보험이 적용되기 때문에 적은 자기부담액으로 서비스를 받을 수 있다. 설령 민간의 간병 서비스 포함 아파트에 입소한 뒤에 요개호 5등급이 되어도 25~32만 엔은 국가에서 개호비용이 지급된다.

따라서 본인이 부담하는 월 비용이 이전보다 훨씬 저렴해진다.

'병석에 누워서 꼼짝 못하게 되면 어떻게 하지' 등 쓸데없이 불안만 부풀리지 말고 최대한 많은 정보를 모아서 '마지막 거처'에 대해 현명하게 생각해 보기 바란다.

요양원(노인홈)은 입주 조건, 비용, 간병 서비스가 다르다

간병 시설이라고 해도 [간병시설의 종류–운영 주체, 조건, 특징, 비용 가이드라인(178~179쪽)]과 같이 다양한 종류가 있다.

운영 주체와 규모, 내용이 다를 뿐 아니라 입주 조건과 비용도 천차만별이다.

개호보험이 적용되는 공공시설에는 저렴한 비용으로 장기입소가 가능한 '특별양호양로원(특양)'을 비롯해 간병과 의료 서비스를 모두 제공하는 '개호노인보건시설(노건)', 노건보다 간병 등급이 높고 장기적으로 의료 행위가 필요한 사람을 대상으로 한 '개호요양형 의료시설(요양 병상)' 등이 있다.

다만, 앞서 말했듯이 '개호요양형 의료시설'은 2023년 말 폐지로 결정되어 대체 시설로 '개호의료원'이 설립되기 시작했다.

간병 시설(개호 시설)의 종류 — 운영 주체, 조건, 특징, 비용 —

	시설 종류	운영 주체	입거 / 입소 조건
개호보험시설	특별요양노인홈(특양)	사회복지법인, 지방 공공단체	요개호 3~5, 65세 이상
개호보험시설	개호노인보건시설(노건)	의료법인, 사회복지법인, 지방 공공단체	요개호 1~5, 65세 이상
개호보험시설	개호의료원	의료법인, 사회복지법인	요개호 1~5이며 의학적 관리가 필요한 사람. 복지법인 65세 이상
인지증대응형 공동생활개호 (그룹홈)		민간기업, 사회복지법인, 의료법인, NPO법인, 지방 공공단체	요개호 1~5이며 인지증인 사람. 65세 이상
경비노인홈		사회복지법인, 의료법인, 지방 공공단체, 민간기업	A형 = 자립~요지원 정도이며 공동생활에 적응할 수 있는 60세 이상 B형 = 자립~요지원 정도이며 공동생활에 적응할 수 있는 60세 이상 C형 (케어하우스, 일반형) = 자립~요지원정도이며 공동생활에 적응할 수 있는 60세 이상 C형 (케어하우스, 일반형) = 요개호 1 이상, 공동생활에 적응할 수 있는 65세 이상
유료노인홈	개호제공유료노인홈	주로 민간기업	65세 이상. 개호전용형은 요개호 1~5, 혼합형은 자립, 요지원인 사람도 가능
유료노인홈	주택형 유료노인홈	주로 민간기업	60세 이상. 자립~요개호 5까지 폭넓게 받아들임
유료노인홈	건강형 유료노인홈	주로 민간기업	자립한 60세 이상
유료노인홈	서비스제공고령자용 주택(실버타운)	주로 민간기업	60세 이상 또는 요지원, 요개호 인정을 받은 60세 미만. 일반형은 자립~경도 개호가 필요한 사람, 개호형은 자립~요개호 5인 사람이 대상

※비용 기준은 〈선데이마이니치〉 2022년 12월 4일호, 96~97쪽 표 '개호 시설의 종류와 특징, 비용 등. 장점과 단점'에서 인용함(일부 편집). 비용에 관해서는 개호도와 부담비율, 사업소에 따라 다르므로 표에 있는 '비용 기준'은 참고 수준으로 활용하자. 상세한 내용은 각 시설과 담당 케어매니저에게 문의하자.

<table>
<tr><th>특징</th><th colspan="2">비용 기준</th></tr>
<tr><td rowspan="3">간병과 생활지원. 재활. 종신 이용 가능. 의사는 일반적으로 비상근.</td><td>다인실</td><td>약 11만 엔. 그중 거주비는 약 3만 엔※</td></tr>
<tr><td>유닛형 개실</td><td>약 14만 엔. 그중 거주비는 약 6만 엔※</td></tr>
<tr><td colspan="2">※수입에 따라 식비, 거주비 감면 가능</td></tr>
<tr><td>간병과 생활지원에 추가로 의료 케어와 재활까지 비교적 단기간의 재택 복귀를 목표로 한다. 상근 의사 배치</td><td colspan="2">상동</td></tr>
<tr><td>2018년 4월 창설. 장기요양이 필요한 사람을 받아들이고 의료 케어, 재활, 간병, 생활지원을 한다. 상근 의사를 배치. 의사가 24시간 상주하는 시설도 있다</td><td colspan="2">상동</td></tr>
<tr><td>가정적 환경과 지역주민과의 교류하에서 1유닛 5~9명이며 개호 스태프와 함께 공동 생활. 간병, 생활지원, 재활 등</td><td colspan="2">약 12만~19만 엔 정도. 입소 일시금이 필요한 경우도 있다</td></tr>
<tr><td>A형 = 식사 제공, 생활지원
B형 = 자취, 생활지원
C형 (케어하우스, 일반형) = 식사 제공, 생활지원
C형 (케어하우스, 개호형) – 식사 제공, 간병, 생활지원</td><td colspan="2">A형 = 약 6만~17만 엔(수입에 따라).
입소 일시금이 필요한 경우도 있음
B형 = 약 3만~5만 엔 (수입에 따라).
입소 일시금이 필요한 경우도 있음
C형 = 약 6만~17만 엔 (수입에 따라).
입소 일시금이 필요한 경우도 있음</td></tr>
<tr><td>간병, 생활지원, 의료 케어, 재활</td><td colspan="2">약 15만 엔~. 입소 일시금이 필요한 경우도 있음</td></tr>
<tr><td>생활지원, 간병은 외부 서비스 이용</td><td colspan="2">약 12만 엔 정도. 시설에 따라 차이가 크다. 입소 일시금이 필요한 경우도 있음</td></tr>
<tr><td>생활지원. 레크레이션과 오락설비 있음. 간병이 필요할 때는 퇴소</td><td colspan="2">약 수십만 엔~. 입소 일시금이 필요한 경우도 있음</td></tr>
<tr><td>안부확인(상황 파악)과 생활상담 서비스 제공. 일반형의 간병은 외부 서비스 이용. 개호형은 개호 직원이나 간호사가 간병, 의료 케어 제공</td><td colspan="2">약 12만 엔 정도~. 입소 일시금이 필요한 경우도 있음</td></tr>
</table>

민간기업, 사회복지법인, 지방공공단체, NPO법인 등에 의해 운영되는 지역 밀착형 '치매대응형 공동생활 개호(그룹홈)'은, 간병 등급 5까지의 치매인 사람이 소규모 시설에서 함께 생활하는 간병시설이다.

경비노인홈(輕費老人Home)은 A형, B형, C형이 있는데, 주택이나 가족의 사정 등의 이유로 집에서 생활하기 힘들고 스스로 자신을 돌볼 수는 있지만 도움이 필요한 정도의 60세 이상, 또는 간병이 필요하지만, 공동생활에 적응할 수 있는 65세 이상인 사람이 입소하는 시설이다. 여기서는 식사(B형은 자취)와 생활지원 서비스를 받을 수 있다. 운영주체는 사회복지법인 및 의료법인이며, 공적 측면이 강하며 이름처럼 비교적 저렴하게 생활할 수 있다는 장점이 있다.

주로 민간기업이 운영하는 유료노인홈은 '간병 포함 유료노인홈'을 비롯해 간병이 필요 없는 사람부터 간병 등급이 5인 사람에 이르기까지 다양한 사람들이 입소하는 '주택형 유료노인홈' 간병이 필요 없는 사람을 대상으로 한 '건강형 유료노인홈' 그리고 '서비스 제공형 고령자용 주택' 등이 있다.

서비스 제공형 고령자용 주택에는 일반형과 간병형이 있으며, 일반형에서 간병을 받는 장소는 외부사업자의 민간 서비스를 이용한다.

간병형(특정시설)의 경우에는 담당 간병 직원이 간병 서비스를 제공한다.

또한 자유로운 편이어서 느긋하게 노후를 보내고 싶은 사람에게 추천하지만 비용이 비싼 것이 흠이다.

게다가 유료노인홈 중 대부분은 '이용권 방식'이며 수억 엔을 들여서 초고급 노인홈에 들어갔다 하더라도 입소자에게 소유권은 없다.

이 점은 꼭 알아둬야 한다. 당연히 전매와 상속이 불가능하다.

그리고 기본적으로 자립한 사람을 대상으로 한 시설은 통상적으로 간병을 필요하게 되면 퇴거해야 하므로 이점도 주의해야 한다.

'마지막 거처'는 정보수집과 체험 입소로 신중하게 선택하자

개호보험제도가 출시된 지 20년 이상이 지났지만, 특별양로노인홈(특양) 대기자 수는 전국에서 약 27만 5천 명에 이른다. 공공 요양원이 부족한 현실을 메우듯이 간병 서비스를 제공하는 유료 노인홈이 우후죽순으로 각지에 설립되었다.

시설의 내부 사정은 다양하다. 예를 들어 예전에 정신병원이었던 곳을 요양시설로 전환하는 경우도 있다. 그런 시설 중에는 옛날 문화가 스며 있어서 환자를 소홀히 취급하는 게 당연하거나 고령의 입소자에게 '~누구누구야' 등 함부로 부르기도 한다. 특양 중에서도 그런 이상한 시설이 많이 있다.

물론 고령자의 기분을 살피며 간병을 하는 제대로 된 시설도 많다.

예를 들면 일본의 교육기업인 베네세의 후쿠타케 소

이치로(현 명예고문)는 교육산업에서 수완을 발휘했는데, 나이가 들자 자신이 생각하기에 최상의 간병 시설을 만들고 싶어서 간병 사업에 뛰어들었다고 한다. 내가 아는 한 직원들을 확실히 교육하고 있다.

병원에서 죽기 싫어서 요양시설을 선택했는데 입소인의 상태가 악화해 마지막 순간이 오면 거의 일률적으로 병원에 보내는 시설도 있다. 이 또한 시설의 문화와 운영자의 방침에 달려 있다. 시설 입장에서는 직접 돌보기보다는 병원에 보내는 게 번거롭지 않다. 반면, 입소인이 병원에서 여러 가지 약과 수액에 시달리는 것보다는 우리가 돌보는 게 낫다고 생각하는 시설도 있다.

요양시설은 옥석이 있어서 좋은 시설도 좋지 않은 시설도 있다는 말이다.

마지막 거처를 요양원으로 한다고 결정하면, 인터넷이든 소책자든 또는 입소문이든 간에 최대한 정보를 모아서 자신이 원하는 형태에 가장 가까운 시설들을 선택한다. 자료로 조사할 수 없는 부분은 직접 시설에 문의하거나 견학을 해보면 좋다.

민간 시설의 경우 '체험 입주' 제도가 있는 곳도 있으니 꼭 이용해 보고 선택하도록 하자.

대개 1박 2일에서 1주일 정도의 체험 입주가 가능하다. 가능하면 일주일간 체험 입주해 보고 식사는 입에 맞는지 직원들이 잘 대처해 주는지 입소한 사람 중에 불쾌한 사람은 없는지 등 궁금한 점을 모두 살펴보면 좋을 것이다. 거실과 공유 공간의 넓이, 반입할 수 있는 개인 물품의 양, 목욕탕 등의 설비도 확인해야 한다.

마지막까지 인생을 즐기기 위한 마지막 거처다. 죽을 때 후회하지 않으려면 반드시 꼼꼼하게 확인해야 한다.

치매에 걸리면 증상이 가벼울 때 시설을 결정한다

일찌감치 삶의 거점을 요양원으로 옮기는 게 낫다는

생각도 있다. 매일 식사가 나오기 때문에 거기서 출근하거나 시설의 오락 시설을 이용한다고 생각하면 60대에 입소하는 것도 빠르다고 할 수 없다.

하지만 다른 사람들과 나이 차이가 크게 나서 잘 어울리지 못할 수도 있고, 일상생활을 멀쩡하게 할 수 있는데 직원이 너무 관여하면 오히려 거북할 수도 있다.

그러니 스스로 약해지고 있다고 느낄 때 선택하는 편이 좋을 듯하다.

하지만 **치매에 걸리면 증상이 가벼울 때 요양원을 선택하는 것이 좋다. 긍정적인 마음으로 견학이나 체험 입주를 하고, 내가 원하는 것을 자유롭게 할 수 있는 시설을 찾아보자.** 자신이 원하는 바를 명확히 해 두지 않으면 증상이 진행되었을 때 가족이 발견한 적당한 시설에 입소할 수밖에 없다.

증상이 심해지기 전에 시설에 들어가면 가족이 자신을 힘들어하지 않고 끝까지 돌볼 수 있다. 마지막까지 정든 집에서 가족과 함께 지내고 싶은 마음은 치매에 걸려도 변하지 않는다. 그러나 증상이 진행될수록 가족들의 간병 부담은 점점 커진다.

다시 말하지만, 사랑하는 부모이기 때문에, 혹은 배우자이기 때문에 끝까지 돌보려고 했던 가족도 일상생활에 지장이 생기고, 폭언을 듣거나 '내 지갑을 훔쳤다'는 말을 들으면 점점 마음이 멀어진다. 그것이 병 때문임을 알고 있어도, 상대가 사랑하는 사람이라도 마음의 허용량을 넘어서면 정이 떨어지기 마련이다.

또한 치매인 부모나 배우자를 싫어하게 된 가족은 육체적 부담뿐 아니라 정신적 부담을 지게 된다. 지치기 전에 따로 살면 그 후에도 좋은 관계를 유지할 수 있다.

지방 이주는 추천하지 않는다

특양은 지자체나 사회복지법인이 운영하는 간병 등급

이 높은 사람을 대상으로 한 시설이다.

공공자금이 투입되어 있으므로 이용 요금도 비교적 합리적이며 원칙적으로 마지막까지 간병을 받을 수 있고, 서비스의 내용과 돌봄의 질도 충분히 안심하고 지낼 수 있어서 인기가 많다.

특양은 아무래도 도시보다 지방이 더 많다. 도시에 있는 시설은 2~3년을 대기해야 하지만 지방은 바로 입소할 수 있거나 방도 1인 1실이 있는 경우가 많다.

이것은 개호보험이 전국적으로 일률적이기 때문이다.

의료보험은 원래부터 전국 일률적이므로 지방이건 도시이건 같다.

예를 들어 맹장 수술을 받으면 같은 비용이 든다. 이를 뒤집어 말하면 인건비와 땅값이 싼 지방의 병원이 수익성이 크다는 뜻이다. 그래서 지방에는 대학을 신설할 정도로 돈을 많이 버는 병원도 있다.

그런데 같은 조건으로 도시는 적자가 나기 때문에 차액을 실비로 받는 등 여러 가지로 시도는 하지만 그래도 돈을 벌기가 쉽지 않다. 그래서 특양을 신설하기 어렵고 그 결과 도시에서는 2~3년 정도 기다려야 한다.

만약 지방에 본가가 있다면, 귀성해서 특양을 찾으면 바로 들어갈 가능성이 크다. 형제나 친척이 그 지역에 살고 있다면, 자주 병문안을 와 줄 수 있고 입소자들에게 소꿉친구가 있으면 즐겁게 보낼 수 있을 것이다. 이와 같은 유턴 전략을 고려해 볼 수도 있다.

거동이 불편하다면 지방의 시설이 좋다고 생각하지만 지금 유행하고 있는 지방으로의 이주는 신중하게 생각해야 한다.

정부가 75세 이상인 사람의 운전면허증을 가능한 한 거두어들이려고 하기 때문에 일단 면허를 반납하면 대중교통이 없는 곳에서는 쇼핑도 할 수 없고 행동반경이 굉장히 좁아져서 일상생활이 힘들어질 수도 있다. 이렇게 되면 치매가 진행되기 쉽다.

따라서 정부가 노인들을 괴롭히는 정책을 중단하기 전까지는 고령자가 지방으로 이주하는 것을 선불리 추천할 수 없다.

케어매니저는 간병의 핵심이다 신중하게 선택하자

앞에서도 언급했듯이 집에서의 간병이나 돌봄은 본인과 가족뿐만 아니라 케어매니저, 의사와 간호사 등 의료진, 직원들의 협력과 연대가 필요하다.

여기서는 간단하게 돌봄에 대한 준비 과정을 살펴보겠다.

우선 **어떤 형태의 간병을 원하는지 가족이나 친지와 이야기를 나누는 게 중요하다.** 그리고 지역포괄지원센터 혹은 시군구의 재택 의료 상담창구에 가서, 재택 의료와 간병에 관해 조언을 들을 수 있는 케어매니저를 소개해 달라고 한다.

케어매니저는 간병이나 지원이 필요하다고 인정받은 본인이나 가족들의 희망에 따라 어떤 간병 서비스를 이용할지에 대한 계획을 수립하고 신청하며 서비스 이용자의 상담 및 민원에 대응한다. 말하자면 개호보험의 모든 서비스를 담당하는 '개호 코디네이터'다.

케어매니저의 성품과 그 사람이 갖고 있는 네트워크, 본인과 가족과의 궁합은 이후의 간병에 큰 영향을 미치므로 신중하게 선택해야 한다. 경험이 풍부하고 친절하며, 정보가 많고 **어떤 일이든 마음 편히 상담할 수 있는 사람을 만난다면 간병이 훨씬 편해질 것이다.**

재택 의료를 원한다면 24시간 대응과 간병이 가능한 의사를 찾아야 한다. 주치의가 이미 있다면 집까지 왕진과 간병이 가능한지 확인하자. 만약 24시간 대응과 간병이 어렵다면 지역 포괄 지원 센터나 재택 의료 상담창구에서 소개받을 수 있다.

재택 의료 의사와 케어매니저가 결정되면 어떤 식으로 요양하고 싶은지 의논하고, 본인과 가족의 상태에 따라 재택 의사, 재택 치과의사, 치과위생사, 약사, 방문 간호사, 물리치료사, 관리영양사, 개호복지사 등으로 편성된 간병팀을 구성한다. 간병팀의 전문가들은 각기 연계되는 포인트를 이해한 후 재택 간호사를 지원한다.

참고로 가정으로 제공되는 의료 서비스는 의료보험이

적용되며, 방문간호 질환명에 따라 의료보험 또는 개호보험이 적용된다.

혼자 살아도 집에서 마지막을 맞이할 수 있다

최근에는 마지막까지 집에서 지내고 싶다는 사람이 점점 많아지고 있다.

지금 65세 이상 혼자 사는 사람이 671만 7,000명인데, 65세 이상의 남성 7명 중 1명, 여성 5명 중 1명이 혼자 살고 있다(총무성 2020년 인구조사).

개호보험을 이용하면 거동하지 못해도 마지막까지 혼자 살 수 있다. 식사와 배설, 청소 등은 방문 간병 서비스로 대응할 수 있으며, 최근에는 24시간 대응하는 방문 간병이 증가하고 있다. 의료보험과 개호보험을 이용하면 마지막까지 곁을 지켜주는 전문가들도 있다.

하지만 개호보험으로 모든 생활이 가능하진 않다. 개호보험을 이용한 생활 지원은 이용 횟수가 정해져 있고, 은행이나 관공서 관련 업무 등 대상이 안 되는 가사도 있으므로 그럴 때는 자비를 들여 방문 도우미에게 부탁해야 한다.

가족이나 친구가 근처에 살고 있고, 집을 자주 찾아와주는 경우는 혼자 사는 생활을 오래 할 수 있겠지만 그렇지 않은 경우는 돈을 써서 해결해야 한다.

치매가 있다면 앞서 언급한 것처럼 조기에 시설에 입소하는 것이 좋다. 개호보험을 이용한다고 해도 혼자 지내는 시간이 길어지면 사고가 날 수 있기 때문이다.

어쨌든 지역의 재택 요양 지원에 대한 정보를 수집하는 것부터 시작하자. 똑같은 말을 몇 번씩 하는 거냐고 생각하겠지만, **최대한 많은 정보를 수집하여 인생의 마지막을 평온하게 보내는 공간으로써 시설과 자택의 장단점을 고려하여 합리적인 결정을 하기 바란다.**

특양을 기다리는 사람은 27만 5,000명

2025년이 되면 모든 단카이세대가 75세 이상의 후기 고령자가 된다. 단카이세대란 1947~49년에 태어난 사람들로 약 600만 명에 달한다. 이 많은 후기 고령자를 부양하기 위해 의료와 간병, 연금 등을 중심으로 한 사회 보장 제도가 한계에 도달하여 사회 전반에 부정적인 영향을 미치고 있다.

이 '2025년 문제'를 앞두고 후생노동성은 재택 의료와 재택 간병의 중요성을 인식하여 '재택 의료 · 개호 추진 프로젝트팀'을 신설했다. 하지만 방문 진료나 방문 간병 서비스를 제공하는 체제는 아직 불충분하다.

앞에서 개호보험 제도가 바뀌었다고 했는데, 2000년에 시작할 때는 '조치에서 권리로'라는 슬로건이 있었다.

이게 무슨 말인가 하면 그때까지만 해도 노인 복지는 본인의 의사와 상관없이 그 사람이 복지 서비스를 받을 수 있는 요건에 해당하는지를 정부가 판단해서 제공하는 '조치 제도'였다. 예를 들어, 이 사람은 더이상 혼자 살 수 없으니 시설에 집어넣자거나 아직은 괜찮은 것 같으니 가족들끼리 열심히 돌보라는 식으로 정부가 통제했다.

그런데 개호보험 제도를 도입하자 처리 방식이 '조치'에서 '권리'로 바뀌었다.

즉, 매월 보험료를 납부하는 대신 모든 사람에게 간병이 필요하다고 인정되면 간병을 받을 수 있는 '권리'를 부여하는 셈이다.

권리를 받은 것이기 때문에 본래는 자녀 양육이 힘들어서 부모를 시설에 맡겨 간병하고 싶다거나, 혹은 부모를 돌보면 회사를 그만둬야 하니 부모를 특양에 모시겠다고 요청하면 정부는 그에 응해야 한다. 하지만 정부는 수요를 충족시킬 만큼 충분한 요양원을 만들지 않았다. 앞서 언급한 바와 같이 20년이 넘도록 특양의 빈자리를 기다리는 사람이 27만 5,000명이나 된다. 2년 대기, 3년 대기라는 건 이미 권리라고 할 수 없다.

개호보험 제도는 3년마다 재검토하도록 되어 있는데,

2015년에는 요개호 3 이상이 아니면 특양에 들어갈 수 없게끔 마음대로 규정을 변경했다.

그리고 앞서 말했듯이, 재택 돌봄과 재택 개호를 뒤죽박죽으로 혼용하면서 집에서 맞이하는 죽음이 좋다고 거짓말을 하고 있다.

계속 오르는 개호보험료는 40세부터 평생 납부한다

개호보험료가 계속 오르고 있는 것은 알고 있는가?

개호보험료는 각 시정촌(도쿄 23구는 구)별로 결정된다. 각 시정촌은 3년마다 개정 시점에 보험료 기준액을 검토한다.

개호보험의 피보험자는, 65세 이상의 '제1호 피보험자'와 40~64세까지의 의료보험에 가입한 '제2호 피보험자'로 구분된다.

제2호 피보험자의 개호보험료는, 사업자와 직원이 절반씩 부담하는데 의료보험자(건강보험조합, 공제조합)마다 산정 방식이 다르다. 후생노동성 노건국(老健局)에 따르면, 2000년의 전국 평균은 월액 2,075엔(사업주 부담분, 공비 포함)이었지만, 2020년에는 5,669엔으로 3배 가까이 뛰어올랐다.

2000년에 월 2,911엔이었던 '제1호 피보험자'의 개호보험료도, 2018~2020년까지의 전국 평균이 5,869엔으로 올랐고, 21년에는 6,014엔으로, 처음으로 6,000엔을 넘었다. 이 같은 상승세는 인구 고령화와 개호보험 서비스를 제공하는 사업체에 지급되는 개호 보수 인상 때문이다.

서비스 이용자의 본인 부담률도 이미 소득에 따라 10~20%에서 10~30%로 인상되었다.

60세까지만 내면 되는 연금과는 달리 개호보험료는 건강보험과 마찬가지로 65세 이후에도 계속 내야 한다. 크게 의식하지 않을지도 모르지만 개호보험료는 평생 내

야 하는 보험이다.

노후의 간병 자금을 모으고 있다고 생각한다

간병이 필요하게 되었을 때 돈은 어떻게 해야 하나 걱정하는 사람이 꽤 많은데, 개호보험료를 수십 년간 내고 있고 세금도 내고 있으니, 그만큼 간병 자금을 모으고 있다고 생각하면 된다. 그렇게 생각하면 마음이 상당히 편해질 것이다.

개호보험을 이용하지 않는 것은 절대적으로 손해이고, 앞으로도 개호보험료를 평생 납부해야 하는데 서비스가 더 개선되었으면 좋겠다고 생각하지 않는가?

노후에 받는 연금이 별로 없어서 저축한 돈을 다 쓰고 생활보호를 받는 사람들을 향해 세상 사람들은 못마땅한

눈으로 쳐다본다.

하지만 지금까지 낸 세금을 생각해 보자.

소비세(한국의 부가가치세-옮긴이)만 해도 얼마나 많이 냈는가. 1989년에 소비세가 도입된 이후로 모든 국민이 소비세만으로도 상당한 세금을 내고 있다.

또한 노인들 대부분은 젊었을 때 충분히 세금을 냈을 것이다. 그러니 생활보호를 받는다고 해도, '내가 낸 세금을 돌려받는다'라고 생각해도 좋다.

북유럽 사람들은 세금을 내는 이상 본전을 뽑아야 한다고 생각하고, 낸 만큼 돌아온다는 국가에 대한 신뢰감이 있기 때문에 소비세가 25%가 되어도 화를 내지 않는다. 교육비도 무료이고 의료비도 원칙적으로 무료이며, 일자리를 잃으면 당연히 생활보호와 같은 복지 혜택을 받을 수 있다.

자신이 낸 세금을 돌려받는, 즉 세금은 국민을 위해 써달라고 하는 요구는 지극히 당연한 일인데, 일본인은 그렇게 생각하지 않는다. 그래서 정부가 세금을 낭비하는 사건이 벌어져도 진상을 규명하지 않는다. 예를 들어

모리카케문제[5] 국회에서 추궁하려고 하면, '중요한 심의가 가득한데 쓸데없이 집요하다'며 오히려 국민들이 비난한다.

게다가 선거에서 간병 서비스의 개선이라는 공약을 내거는 후보자는 대부분 낙선한다. 간병 서비스를 개선할수록 재정은 적자가 되기 때문이다. 적자를 늘릴 것을 공약으로 내세우는 사람들은 안 되고, 적자를 줄이겠다고 주장하는 사람한테 표가 몰린다. 그 결과 복지는 아무리 시간이 지나도 제대로 개선되지 않는다.

유권자들은 적자가 나는 것은 그 대상이 무엇이건 무조건 나쁘다고 생각하지만, 적자를 각오하고 간병 서비스 개선을 목표로 하는 사람에게 한 표를 던지지 않는 한, 공공 간병 서비스의 개선을 바랄 수는 없다. 적자가 나서 문제라면 도로 공사를 줄이는 방법도 있지 않은가.

5) 일명 '모리카케'로 불리는 모리토모학교 비리 사건과 카케학원 스캔들, 일본 아베 수상 집권 중에 터진 사건들로 정치적 위기를 맞았다.

죽기 전에는 신세를 좀 져도 괜찮다

고령자와 오랜 기간 상대하면서 전쟁 전부터 일본의 도덕관에 젖어 있는 사람이 너무나 많다는 것을 강하게 느꼈다. 특히 '남에게 폐를 끼쳐서는 안 된다'는 의식이 놀라울 정도로 강하다.

직업상, 환자들에게 생활보호 수급이나 개호보험 이용을 권유하는 일이 있는데, "이 나이에 폐를 끼치는 건 송구스러운 일이다"거나 "세상에 폐를 끼치는 일"이라고 말하는 분들이 많다.

단체 활동이 서툴러서 데이 서비스를 이용하기 꺼리는 사람들도 꽤 있다. "그러면 도우미가 와서 말동무가 되어 달라고 하면 된다"고 권해도 "그건 미안해서 안 된다"며 거절한다.

고령자는 점점 쇠약해지는 존재다. 자식의 보살핌은 필요 없을 뿐 아니라 누구에게도 폐를 끼치고 싶지 않다면, 공공 제도를 이용하면 된다.

그런데 그것도 이용하지 않겠다고 하면 더이상 살아갈 수가 없다.

자식을 힘들게 하고 싶지 않아서 마지막 거처로 요양원을 스스로 선택하는 사람이 확실히 늘었지만, 요양원에 들어가기 싫다고 생각하는 고령자도 여전히 많다. 배우자가 있는 동안은 그래도 아직 노노개호로 해나갈 수 있지만, 나이를 생각하면 많은 사람이 무리하게 자신을 몰아붙이고 있다는 것을 실감한다. 게다가 배우자가 사망하면 혼자 살아야 한다.

그럼에도 자식이나 공공 제도에 의지하는 것은 좋은 생각이 아니라고 생각해 혼자 버티다가 망해가는 상황을 꽤 많이 보았다.

남에게 신세 지고 싶지 않다, 폐를 끼치고 싶지 않다고 말하지만, 사람은 살아있으면 어떤 일이든 다른 사람에게 폐를 끼치게 되어있다.

제멋대로 행동해서 주위 사람들이 항상 수습하느라 애를 먹는 식의 민폐는 문제이지만, **지금까지 가족과 사**

회를 떠받쳐 온 어르신들이 몸이 불편해졌을 때 도우미나 가족에게 간병을 받는 것까지 폐를 끼쳐서 미안하다고 위축될 필요는 전혀 없다.

늙어가는 것은 누군가에게 빚을 받는 것이다

방송인 에이 로쿠스케가 작사한 '지나온 길, 가야할 길'이라는 노래에 '살아있다는 것은 누군가에게 빚을 지는 것, 산다는 것은 그 빚을 받는 것'이라는 가사가 있다.

그러나 나는 '살아있다는 것은 누군가에게 빚을 만들어 주는 것, 늙어간다는 것은 누군가에게 그 빚을 돌려받는 것'이라고 생각한다.

그동안 사회를 위해 묵묵히 일해 왔으니 인생의 마지막에는 빚을 받아도 괜찮지 않은가.

인간은 나이가 들수록 점점 약해지고, 결국 혼자서는 살 수 없다는 사실을 받아들여야 한다.

간병을 받거나 기저귀를 차야 할 때 고집을 부리며 거부하면 불필요한 갈등이 생긴다. "다른 사람이 내 휠체어를 밀어주면 미안하니까 그냥 죽겠습니다"라고 할 수는 없지 않은가.

치매가 진행되면 안락사하고 싶다거나, 병상에 누우면 사람들에게 폐를 끼치기 때문에 죽게 해달라고 말하는 사람이 적지 않다. 해외에서 안락사 연구를 하는 학자들에 따르면 보통은 통증과 괴로움을 견디지 못해 안락사를 선택하지, 남에게 폐를 끼치니까 안락사를 시켜달라고 하는 사람은 거의 없다고 한다.

간병을 받아야 하는 몸이 되었을 때는 '내가 누군가에게 빌려준 빚을 이제부터 받는구나'라고 생각하자. 그렇지 않으면 모처럼 오래 살 수 있게 되었는데, 살아있음을 즐길 수 없을 것이다.

그렇다고 자식이 직접 부모를 간병하는 게 당연하다고 말하는 것은 아니다.

나는 자식이 부모를 직접 돌볼 필요는 없다고 생각한다. 전에도 이야기했듯이 자식은 정신적인 돌봄에 중점을 두고 간병 체제를 만드는 일에 집중하는 편이 훨씬 합리적이며, 원만한 부모 자식 관계를 유지할 수 있다.

그러려면 **공공 제도를 당연한 권리로 생각하고 적극적으로 활용**해야 한다.

누구나 빛을 내주고 있다

살아있다는 것은 빛을 내주는 것이라고 했지만, 이것은 엄청난 사회공헌을 했다거나 기부를 많이 했다거나 혹은 이름이 남는 위업을 이루었다는 뜻은 아니다.

그러고 보니 노래 하나가 더 생각났다. 오카바야시 노부야스의 〈야마타니 블루스〉다. 50여 년 전 일용직 노동자들의 거리였던 도쿄 야마타니를 묘사한 노래다.

사람들은 야마타니를 나쁘게 말하지
하지만 우리가 없어지면
건물도, 건물도 도로도 생기지 않아
아무도 알아주지 않겠지만

사람들은 야마타니를 경시하지만, 우리 덕분에 건물이 존재하고 번영이 있다는 뜻이다.

어떤 시대의 어떤 사람이든 사회의 한 조직이자 구성원으로 살아왔으니 그것으로 충분히 빚을 내준 것이라고 나는 생각한다.

의사 일을 계속하고 있으면 공부를 열심히 해서 대학에 들어가 다른 사람의 병을 고쳐주고 있으니 다른 직업보다 돈을 많이 버는 것이 당연하다고 생각하게 될 수 있지만, 이 세상에 의사만 존재한다면 어떻게 되겠냐는 이야기다.

"나 같은 건 말단이에요"라고 하는 사람이 있는데, 말단이 있기 때문에 세상이 존재한다. 누구나 이 사회에 '빚을 내주는' 삶을 살고 있다.

그러니 비굴함을 느낄 필요가 전혀 없다.

삶의 마지막에 정정당당하게 사회에 빚을 받을 생각으로 폐를 끼치면 된다.

5장

인간은 죽고 나서 안다

——내가 도달한 '최상의 삶'

제5장

인간은 죽고 나서 안다

＊ '현명하게'는 지식이 많아서 똑똑한 것이 아니라 인생의 쓴맛 단맛을 보며 살아온 사람만이 할 수 있는 발상을 하는 것이다. 스마트폰으로 검색하면 대부분 답을 찾을 수 있는 요즘 시대에는 아무리 다양한 지식을 과시해도 매력이 없다. 노인들이 자신의 인생 경험에서 세상의 상식과 다른 말을 할 수 있다면 '나이를 헛먹지 않았구나'라고 사람들이 다시 보게 될 것이다. 그 사람 특유의 '재미'가 있는 고령자 주위에 사람이 모인다.

인간의 참값을 알 수 있는 생애의 말년

나는 35년여간 6천 명 이상의 노인들을 진료했다. 그중에는 전직 장관이나 전직 대기업 사장, 상위 대학의 전직 교수 등 현역 시절에는 사회적 지위가 높았던 환자도 다수 있었다.

그런 사람들은 대부분 입원하면 병문안을 오는 사람이 거의 없다. 친구나 후배뿐 아니라 가족들도 오지 않는다. 경제적으로 넉넉해서 1인실을 사용하지만, 말이 1인실이지 비즈니스호텔 정도의 크기에 불과하고 병원이다 보니 살풍경(殺風景)하기 짝이 없다. 그런 방에서 혼자 자야 한다.

젊었을 때 윗사람에게 아첨하고 아랫사람을 걷어차면서 출세한 사람은 나이가 들어 의식이 반쯤 멍해지거나 병석에 누워 입원하면 그런 처지가 되기 쉽다. 자신을 끌어올려 준 사람들은 모두 먼저 죽고 아랫사람들에게는 사랑받지 못하기 때문에 아무도 병문안을 오지 않는다.

그런데도 과거의 영광을 잊지 못하는지 왕년의 지위에 집착하여 주위에 상사 노릇을 하려는 노인들이 있다.

반대로 방문객들의 발길이 끊이지 않고 항상 웃음소리가 울려 퍼지는 병실이 있다. 가족뿐만 아니라 옛 직장 동료들, 부하직원들, 오랜 친구들이 찾아온다. 출세는 못했을지 모르지만 차별하지 않고 소탈하게 사람을 사귀어 온 사람은 늙어서도 사람들이 따른다.

당신이 한 모든 일은 결국 당신에게 돌아온다. 나이가 들면 그 사람의 참값을 알 수 있는 법이다.

지위와 직함에 기댈 수 없다면 자신의 이름으로 살아라

돌이켜 보면 나는 유명 사립중고등학교를 나와 도쿄

대 의대에 들어간 탓인지 교만하고 꼴사나운 놈이었다. 친구가 한 명도 없는 것과 마찬가지였다.

도쿄대학 의학부 시절에는 주간 플레이보이라는 잡지사에서 프리랜서 기자로 아르바이트를 하면서 일거리를 주는 어른에게는 굽신거렸지만, 학생들과는 거의 교류하지 않았다. 나중에 들으니 상당히 거만한 태도로 비추어졌다고 한다.

실습생이 됐을 때는 반 친구들이 아무런 정보를 주지 않아 '정신과의사연합'이라는 좌익 운동가들이 활동하는 '붉은벽돌병동(아카렌가병동)'이라는 곳에서 실습할 수밖에 없었다.

환자의 해방 운동은 좋았지만, 그 외에는 나와 맞지 않은 부분이 많아 참다못해 2년간의 과정을 1년 만에 내던지듯이 그만두고 내과 수련의가 되었다.

그러던 중 내과에서도 교수가 대장 노릇을 하는 실태를 알고 의국에 들어가지 않기로 했다.

나는 주변 인맥에 의지해서 국립 미토병원이라는 곳에서 후기연수의로 신경내과와 구명 응급센터에서 연수를 받았다. 그리고 이전에 여러 번 갔었던 요쿠후카이병원에서 내과와 정신과 연수를 받은 것을 인정받고 병원이 나를 거두는 형태로 근무하게 되었다.

이 병원에서 일하며 노인전문 정신과 의사가 되었는데, 그곳에서 다양한 노인들을 본 것이 내 삶의 방식에 큰 영향을 주었다.

다시 말해 늙어서 비참해지고 싶지 않다고 생각한 것이다.

젊었을 때 아무리 크게 성공해도, 혹은 많은 사람에게 대접받아도 성격이 나빠서 미움을 받고는 사람은 늙으면 아무도 찾아오지 않는다.

예전에는 사회적 지위와 힘의 관계로 교류하던 사람들이 자신을 떠나가는 모습을 보며 저런 식으로 하지 않았다면 이렇게 되지 않았을 텐데, 하고 후회하고 싶지 않았다.

결국 나는 37세에 상근 의사를 그만뒀는데, 이 분야에서 상근 의사를 그만둔다는 것은 더이상 출세할 길이 없어진다는 뜻이다.

그 병원에 계속 있으면 병원장이나 부장이 될 수도 있고 어느 대학의 의학부 교수가 될 수도 있다. 그럼에도 병원을 그만둔 이유는 만에 하나 '진정한 위너'라고 불리던 도쿄대 의학부 교수가 되더라도 60이 넘으면 그만둬야 하기 때문이다. 당시 도쿄대 교수였던 사람들이 어느 병원의 원장이 되기도 했지만, 그것도 70세 정도면 그만둬야 한다.

그런 사람들이 직함이 없는 '그냥 사람'이 되는 것을 좀처럼 받아들이지 못하고 추하게 늙어가는 모습을 보면서 직책이나 지위에 연연하는 것은 그다지 좋은 일이 아니라고 생각하게 되었다.

당시부터 부업으로 글을 쓰고 있긴 했지만, 그 일로 먹고 살 수 있다는 전망은 없었다. 하지만 **'어차피 죽을 거니까 끝까지 내 이름으로 원하는 일을 하다가 죽자'**는 생각에 의사 일을 그만뒀고 프리랜서 의사를 하면서 글을 쓰고 오랫동안 꿈꿔왔던 영화감독을 하게 되었다.

돈은 남기지 않는 것이 좋다

나이가 들면 지위나 직함은 믿을 수 없다. 그렇다면 '돈을 남기면 행복할까?' 꼭 그렇지도 않다는 생각이 들기 시작했다.

내가 요쿠후카이병원에 있을 때는 행인지 불행인지 거품경제 시기여서 도심의 일등지에 아파트를 갖고 있으면 그것을 팔면 20억 엔 정도가 되었다. 어느 날 그런 아파트를 가진 환자의 아들이 "선생님, 뒷돈으로 500만 엔 정도를 드릴 테니, 특별요양원에 들어갈 수 있는 연줄이 없을까요?"라고 말했다. 그 멍청한 아들의 어머니는 치매였는데, 아파트를 팔면 20억 엔을 손에 쥘 수 있으니 그 돈으로 어머니를 훌륭한 유료 요양원에 모시면 되지 않을까 하고 괘씸한 생각을 하는 것이다.

편견일 수도 있지만, 부잣집에는 멍청한 아들딸들이 많다.

"유산 상속은 형제자매가 의논해서 결정하면 된다. 우리 가족들이 돈 때문에 싸울 리가 없어."

이렇게 낙관하는 부모가 적지 않은데, 숨을 거두자마자 돈 이야기를 꺼내는 유족은 결코 드물지 않다.

"내가 부모님을 계속 돌봐드렸어."

"하지만 언니는 집을 살 때 아버지가 계약금을 내주셨으니까 내가 유산을 더 받을 권리가 있어."

"오빠는 가끔 얼굴을 내미는 정도였고 기저귀 한 번 갈아준 적이 없으니 부모님을 돌봐드렸다고 할 수 없어. 그런데도 이렇게 유산을 많이 받다니 정말 뻔뻔하네."

이렇게 고약한 이야기가 고인(故人)의 머리맡에서 난무한다.

한 부유한 집 자녀가 '나이 드신 어머니가 걱정되어서'라며 본가에 돌아갔는데, 얼마 안 가 재산 명의가 자식 이름으로 되어있었다는 끔찍한 사례로 재판 상담을 받은 적도 있다. 처음에는 사랑하기 때문에 돌아왔다고 해도, '남은 재산'이 있으면 이런 일이 벌어진다.

여기서 문제를 더욱 복잡하게 만드는 것은, 정성을 다

해 부모를 돌본 자식과 부모를 쳐다보지도 않은 자식이 있다고 해도 법적으로는 평등하게 상속된다는 법률이다.

아무리 유언을 남겨도 유류분이 확실히 있고, 유언 무효 소송을 제기해 형제가 법정에 서는 일도 드물지 않다. 치매에 걸린 아버지를 열심히 돌보던 동생에게 아버지가 전 재산을 물려주기로 했지만, 아버지는 그때 이미 판단 능력이 없었다는 말을 듣고 아예 간병한 적도 없는 형이 이의를 제기해 재판을 받는다.

슬프지만 이것이 현실이다.

노후 자금을 모아서 행복한 사람도 있겠지만, **돈을 남겨두면 행복한지는 그렇지 않은 사례가 더 많다.**

참고로 나는 재산을 남기기보다 아이들을 제대로 교육하고 사회의 훌륭한 일원으로 만드는 것이 부모의 의무라고 생각한다. 나에게는 두 딸이 있는데, 한 명은 이미 변호사가 되었고, 다른 한 명은 앞으로 1년 안에 의사가 될 예정이다.

또한 둘 다 결혼했고, 내게 재산이 있다 해도 남길 생각은 전혀 없다.

재혼하고 싶어도 할 수 없는 '부자의 역설'

나는 부자이기 때문에 불행한 일이 생기는 것을 '부자의 역설'이라고 부른다.

예를 들어 늙은 나이에 아내가 먼저 간 남자가 동네 작은 요리집 여주인과 친하게 지내며 결혼하고 싶다고 말했다고 하자. 재산이 없는 집이라면 자식들은 "아버지, 잘됐네요. 행복하세요"라고 축복해준다. 생각하기에 따라서는 그 사람이 아버지를 간병해 줄 수도 있지 않은가. 돈이 없으면 아무도 반대하지 않을 것이다.

하지만 집을 팔면 2억 엔이 생긴다거나 저축이 많으면 "재산이 목적인 게 뻔하잖아요! 그런 여자와 결혼하다니 저희는 용납할 수 없어요!"라며 결혼을 반대한다.

고령자는 마음이 약하기 때문에, 자녀에게 미움받기 싫어서 포기하는 경우가 많다. 그야말로 '미움받을 용기'를 갖고 마음을 단단히 먹어야 한다. 재산 때문에 부모의 재혼을 반대하는 자녀가 앞으로 당신을 제대로 보살펴 줄 확률은 절대 높지 않기 때문이다.

재산이 목적인 여자라 하더라도 도중에 이혼하면 재산을 받을 수 없다는 걸 알기 때문에 설령 재산이 목적이어도 자신을 간호해 주리라는 보장은 있을 것이다. 재산을 목적으로 해도 좋으니 여자가 같이 살자고 하면 그동안 열심히 벌어서 모은 보람이 있지 않은가.

하지만 아들이나 딸이 반대한다는 이유로 재혼을 포기하면 혼자서 쓸쓸한 나날을 보내야 하고 정작 간병이 필요할 때는 자식들을 믿을 수도 없다.

이것도 흔한 이야기이지만 부자들이 집을 팔고 고급 요양원에 들어간다는 이야기가 나왔을 때 반대하는 자식들이 많다.

유료 요양원은 앞에서도 말했듯이 원칙적으로는 소유권이 아니라 이용권밖에 없다. 그러면 5억 엔에 달라는 요양원을 사도 대개 10년 상환 조건이므로 10년이 지나면 재산 가치가 0이 되고 상속할 수 있는 유산은 5억 엔이 줄어든다. 그래서 자식들이 반대하는 경우가 꽤 있다.

이런 식으로 재산이 많아도 자녀가 시키는 대로 하다가 오히려 불행해지는 일이 종종 있다.

노후 자금 2,000만 엔은 안 모아도 괜찮다

앞 장에서 고령이 되면 의료에 대한 관점을 바꾸자고 제언했는데, 돈에 대한 생각도 다시 설정할 필요가 있다.

동양인은 옛날부터 번 돈을 좋아하는 일에 쓰기보다는 저축하는 것이 옳다고 생각하는 경향이 있다. 또 2019년 금융청이 '노후 2,000만 엔 문제'라는 이슈를 발표했는데 2천만 엔을 노후 자금으로 모으지 않으면 말년에 돈이 부족해진다고 해서 열심히 저축하는 사람들이 많은데, 나는 허리띠를 졸라매면서까지 돈을 모을 필요는 없다고 생각한다.

우선 이 2천만 엔 문제는 2017년 고령이고 무직인 부부의 평균 수입과 평균 지출을 빼면 매달 5만 엔 적자가 나는 경우를 들어가며 30년간 총 2천만 엔이 부족하다고 본 것이다.

하지만 이는 어디까지나 17년의 평균치에서 산출한 금액일 뿐 모든 사람에게 해당하진 않는다. 30년이라는 기간도 수명을 꽤 길게 설정했을 때의 숫자이므로 많은 사람이 여기에 해당하지 않는다.

사실 노년의학을 오랫동안 해오면서 몸이 쇠약해지거나 병상에 누워지내거나 치매가 심해지만 사람들은 의외로 돈을 쓰지 않는다는 사실을 알게 되었다.

주택 대출도 다 갚고 자녀 교육비도 들지 않으니 경제적으로 여유가 생긴다. 그런데 치매가 진행되거나 병석에 누워 버리면 여행을 가거나 값비싼 식당에서 식사할 기회가 거의 없다.

그렇게 되면 개호보험을 이용해 특별양호양로원에 입소할 경우 대략 후생연금 범위 내에서 비용이 발생하게 되고 그러면 노후를 대비해서 따로 저축할 필요가 없다.

고령이 되어도 많은 사람은 여전히 '미래가 걱정된다'며 가능한 한 돈을 쓰지 않으려고 노력하지만, 연금을 받을 수 있는 나이라면 병이 나서 입원하게 되어도 국가의 보험 제도를 이용하면 돈을 많이 쓰지 않아도 된다. 그때 비로소 열심히 절약하고 악착같이 모으지 않아도 되었구나, 아껴서 손해 봤네, 라는 기분이 들 것이다.

얼마 전, 경제 저널리스트 오기와라 히로코 씨와 대화를 했는데, 그녀는 "실제로 간병을 경험한 사람의 평균 비용은 혼자서는 약 600만 엔, 부부 둘이서는 1,200만 엔이 듭니다.

의료비는 고액요양비제도가 있기 때문에 많이 들지 않습니다. 200만 엔이면 충분합니다. 모두 합쳐 1,400만 엔, 여기에 산소를 마련하는 비용 100만 엔을 더해도 1,500만 엔입니다. 그 정도만 모으고 나머지는 다 써도 괜찮아요"라고 했다.

애초에 노후를 위한 저축은 본질적으로 노후에 다 쓰기 위한 저축이다.

그런데도, 연금만으로 생활해야 한다고 생각하는 사

람이 너무 많다. 몇 살까지 살지 모른다고 무작정 걱정하고 죽을 때까지 돈을 계속 모으다니 이보다 어리석은 일은 없다.

즉, 돈에 대한 사고방식을 이렇게 바꾸자. **돈은 갖는 것보다 쓰는 것이 더 가치가 있다고 생각하자.** 몸이 움직이고 머리도 잘 돌아가는 동안 열심히 모아놓은 돈을 쓰지 않으면 인생을 즐길 수 없고 몸과 마음에 노화가 진행될 뿐이다.

낯선 곳으로 여행을 가거나 평소에 가지 않던 식당에서 특이한 음식을 먹으면 전두엽이 활성화되어 젊어진다. 전두엽은 새로운 일을 할 때 활성화된다. **건강과 노화 방지에 돈을 쓰고, 멋진 옷을 입고 여러 곳을 돌아다니다 보면 점점 더 행복해진다.**

게다가 손자나 자녀와의 추억 쌓기에 돈을 쓴다면 그만큼 가족들로부터 소중히 여겨질 것이다.

'부자'보다 '추억 부자'가 더 잘 간다

인생의 종막을 맞이하는 사람들은 '죽을 때까지 즐거운 추억을 더 남기고 싶었다'라고 한다. '그때 너무 아끼지 말걸'하고 후회했다는 말을 유족들에게 듣는 일도 드물지 않다.

돈이 있어서 세계 일주 여행을 가고 싶어도 간병을 받아야 한다면 갈 수가 없다. 갈 수 있을 때 가두지 않으면 추억이 쌓일 수 없다.

스스로 번 돈이다. 배우자와 함께 모아온 돈이기 때문에 자신들의 행복을 위해 사용하는 것이 당연하다. 호화 여객선으로 세계 일주를 해도 좋고, 온천 여행도 좋고, 맛있는 것을 먹으러 가는 것이든 뭐든 좋다. 자신의 마음을 채우기 위해 돈을 쓰고 추억을 남긴다.

점점 몸이 생각대로 움직이지 않게 되고, 침대 위에서 보내는 날이 많아지는 **인생의 마지막 단계에서, '그때는**

참 즐거웠지'라는 추억이 마음의 버팀목이 되어 준다. 많은 고령자를 보아 온 내 경험으로 봐도, 멋진 추억이 많이 남아 있는 사람이 행복하게 마지막 여행을 떠나는 것 같다.

죽을 때까지 '현역'으로 지내는 방법

일본에는 현재 개인 금융 자산이 2,023조 엔 있으며, 그중 1,274조 엔 정도를 60세 이상의 고령자가 갖고 있다고 알려졌다(총무성 '전국 가계 구조 조사 2019년'을 근거로 계산). 자식에게 남겨 주고 싶거나 노후 생활에 돈이 들 것이기 때문에 돈 쓰기를 참고 있어서다. 경기가 조금도 나아지지 않으니 미래에 대한 불안감이 더 강해지고 지갑을 점점 더 열지 않고 있다.

이것은 중요한 이야기이므로 꼭 말씀드리고 싶다.

경기가 좋은지 나쁜지의 차이는 세상을 돌고 있는 돈의 양이 많은지 적은지의 차이다. 돈은 천하를 돌고 도는 것이라는 말처럼 그야말로 천하를 돌고 있는 돈이 적으면 경제가 침체된다. 즉, 돈이 사용되지 않은 상태가 계속되면 경제가 침체된다.

현재도 소비세를 올려서 재원 부족을 해결하자는 논

의가 이루어지고 있지만, 이렇게 해서 소비가 한층 더 냉각되면, 경제는 점점 더 침체될 것이다. 자녀와 손자의 행복을 생각한다면 재산을 남기기보다는 그들이 더 잘 살 수 있는 사회를 만들기 위해 돈을 많이 써서 경제가 잘 돌아가도록 하는 편이 낫다.

나는 예전부터 부모를 간병한 자녀, 농림수산업, 부모의 가게나 공방을 잇는 자녀에게는 재산을 물려주어도 되지만, 그 이외의 자녀에게는 유산을 물려주지 않고 상속세를 100%로 하면 된다고 주장해왔다.

그러면 '세금으로 가져가는 것보다 나으니까'라며 고령자가 죽기 전에 돈을 소비로 돌리게 되어 정체된 일본 경제에 활기가 돌아올 것이다.

상속세수가 늘어나면 소비세 감세도 할 수 있기 때문에 젊은 세대의 부담이 줄어든다. 젊은 세대의 고령자에 대한 반감도 누그러질 것이다.

무엇보다 노인들이 건강해지고 건강수명이 늘어나 국가 전체의 의료비가 감소할 것이다. 고령자가 돈을 쓰게 되면 기업도 고령자를 위한 자동차나 PC의 개발, 엔터

테인먼트 제공 등을 생각할 것이므로 고령자를 중시하고 크게 즐길 수 있는 사회가 올지도 모른다.

아무튼 재산을 자식에게 남기기 위해 자신이 하고 싶은 일을 참는 것은 본말이 전도된 것이다. 자신에게도 불행할 뿐 아니라 자녀와 손자 세대에게도 국가적으로도 불행한 일이다. 그점을 명심하고, 고령자일수록 적극적으로 돈을 써서 소비자로서 죽을 때까지 '현역'으로 활동했으면 한다.

고령자가 미래를 구할 힘이 있다는 자신감을 갖고 당당하게 '현역'으로 있어 주기를 바란다.

제멋대로인 노인이 건강하게 오래 산다

노후는 인생의 덤이 아니다.

말년에 오로지 죽지 않도록, 병나지 않도록, 무조건 건강을 챙기고 폐를 끼치지 않도록 주위 사람들에게 신경을 쓰고, 하고 싶은 것도 없이 참고 지내다니 그래서는 오래 사는 보람이 없지 않은가.

자식들을 키워 학교에 보내고 사회에 내보내 부모로서의 의무는 다했다. 회사에서 불쾌한 상사가 있어도 참고 일했다. 그렇게 해서 마침내 손에 넣은 자유로운 시간이다.

노래방이건 카메라건 사교댄스건 좋아하는 것을 마음껏 하면 된다. 자신에게 주는 보상의 의미로 평소 동경했던 포르쉐를 사서 타고 다녀도 좋다. 그럴 기운과 경제적 여유가 없다면 도서관에서 세계 고전 시리즈 독파에 도전하는 것도 재미있을 것이다.

새로운 일을 할 때 활발해지는 전두엽의 특성을 생각하면 노후 자금을 없애지 않을 만큼 재미로 한다면 투자나 도박도 괜찮다. 앞서 언급했듯이 남성호르몬을 늘리기 위해 술집을 다니는 것도 좋다. 배우자가 허락하지 않는다면 할 수 없지만 말이다. '나이 먹어서 무슨 짓이냐'

'이제 나이가 있으니까'라는 식으로 스스로 자신을 옭아매는 것은 이제 그만하자.

고령자는 절제와 인내를 미덕으로 생각하는 사람이 많아서 자신의 욕구와 즐거움을 과도하게 제한하는 경향이 있다. 젊었을 때는 그것이 긍정적으로 작용하는 경우도 있겠지만, 나이가 들면 그때까지 눈치를 봤던 세상 사람들의 시선이나 체면, 사회적인 상식 따위에서 벗어나도 되지 않을까.

다소 제멋대로일지라도 그런 자신을 받아들이고 마음껏 인생을 즐긴다. 그것이 건강하게 오래 살 수 있는 최고의 비결이다.

식사도 건강을 위해 조절하려 하지 않고 맛있는 음식을 먹으며 하루하루를 보낸다. 고혈압과 당뇨병을 안고서 운 좋게 고령이 될 때까지 살아남았다면 억지로 혈압과 혈당을 낮출 필요도 없다. 중장년층은 동맥경화와 심장병에 걸리지 않기 위해 단 것을 삼가거나 짠 것을 참아야 할지도 모르지만, 나이가 든 다음에는 입맛대로 먹으면 된다. 이만큼 살아낸 보상으로 음식에 여러 가지 제약이 따르는 중년들을 한번 쳐다봐주고는 당당하게 진수성찬을 먹자.

노인이라고 불리는 나이가 되면 죽을 때까지의 나날을 자신이 원하는 대로 살다가 만족해하며 세상을 떠날 생각을 하자. 그것을 실현하려면 여러 가지 장벽이 있겠지만, 그런 노인들의 증가는 젊은 세대에게도 '어떻게든 젊은 시절을 헤쳐나가면 나중에는 행복한 노인으로 인생을 살면서 나다운 마지막을 맞이할 수 있다'라는 격려가 될 것이다.

고령자는 억지로 담배를 끊지 않아도 된다

앞서 말한 요로 다케시 선생의 예도 있듯이 나이가 들면 굳이 담배를 끊을 필요가 없다.

담배를 피우는 사람은 피우지 않는 사람에 비하면 확실히 동맥경화가 되기 쉽고 심근경색과 뇌졸중이 일어날 위험이 크다. 산소와 이산화탄소를 교환하는 폐포가 파괴되는 폐기종이 될 가능성도 있다.

기본적으로 나는 중장년까지는 가능한 한 빨리 금연하는 게 좋다고 권한다. 그러나 담배를 피우고 있어도 70대까지 살아온 사람은 이제 와서 억지로 끊을 필요는 없다고 생각한다.

과거 요쿠후카이의 시설에서 흡연자와 비흡연자의 생존 곡선을 조사한 결과 55세가 넘으면 생존율은 거의 변하지 않는다고 한다. 왜 이런 결과가 되느냐 하면 흡연으로 암이나 심근경색이 오는 사람은 고령이 되기 전에 사망했을 확률이 높기 때문이다. 요양원에 들어간 시점에서 수십 년 동안 담배를 피우고 있는데 폐암이나 심근경색이 생기지 않은 사람은 담배에 강한 어떤 인자가 있을지도 모른다.

어쨌든 **담배를 계속 피우면서 70대, 80대까지 살아남은 사람은 지금에야 금연을 하든 말든 수명이 변하지 않는다.** 그렇게 생각하면 70세가 넘은 고령자에게 금연을 강요할 필요는 없다.

지금은 보험 치료도 가능하지만, 그래도 금연은 상당한 스트레스가 든다. 참느라 생기는 스트레스가 사실 고령자에게는 더욱 나쁜 영향을 미친다.

NK세포라는 면역세포의 활성은 70대, 80대가 되면 20대 때의 대략 4분의 1로 떨어진다. 그래서 NK세포는 참고 있을 때, 스트레스가 있을 때, 우울할 때 활성이 떨어지기 때문에 노인들이 참으면 면역력이 점점 떨어진다는 말이다.

간접흡연 등의 문제도 있으니 금연이 최선이지만, 시험 삼아 금연해 보고 너무 괴롭다면 상식을 지키는 범위에서 담배를 즐겨도 좋지 않을까? 정신적으로 안정돼 있어야 면역력이 올라가고 암세포를 억제할 수 있다. 이건 틀림없다.

나는 담배는 피우지 않지만, 술은 매일 밤 즐긴다. 스스로 통제할 수 있는 범위라면 음주는 문제없다고 생각한다. 알코올은 뭐니 뭐니 해도 스트레스를 발산하는 효과가 있기 때문이다. 단, 매일 술을 많이 마시거나 하루 종일 마시는 일은 피해야 한다. 특히 '혼술'이 무섭다. 알코올 중독의 위험이 크게 높아지기 때문에 아무쪼록 조심하자.

운전면허를 반납하면
간병을 받아야 할 처지가 되기 쉽다

나는 내 책과 잡지 인터뷰, SNS 등에서 여러 번 주장하고 있는데, **고령자라고 해서 무조건 운전면허를 반납할 필요는 없다**고 생각한다.

나이가 들어서 '내가 앞으로도 운전하는 것은 위험하다'고 판단했다면 그것은 멋진 일이다. 하지만 세상의 노인 운전은 위험하다는 동조 압력에 밀려 마지못해 면허를 반납할 필요는 전혀 없다.

확률적으로 말해도 고령자의 교통사고는 별로 높지 않다. 2021년도의 면허 소유자 10만 명당 사고 건수는 16~19세가 1043.6건으로 월등히 많고, 그다음으로 20~24세의 605.7건, 85세 이상의 524.4건이다.

즉 통계 수치를 바탕으로 '위험한 사람이니까 면허를 뺏자'라는 것이라면, 면허 취득 개시 연령을 25세로 올려야 맞지 않을까?

하지만 언론은 젊은 세대가 교통사고를 내도 음주운전이 아니면 뉴스에 싣지 않는다. 그러면서 노인이 낸 사고는 대대적으로 거론한다. 그리고 국가는 고령자에게만 인지기능 테스트를 의무화하고 면허 반납을 강요한다. 고령자에게 이런 일을 강제하는 나라는 일본뿐이다.

이로 인해 고령 운전자의 사고가 줄어든다든가, 노부모가 면허를 반납하도록 유도할 수 있다고 안심하는 사람이 꽤 많은데, 이런 조사 연구가 있는 것을 알고 있는가?

쓰쿠바대학의 이치카와 마사오 교수 등의 팀이 고령자 약 3,000명을 대상으로 한 추적조사에 따르면, 운전을 그만둔 사람은 그렇지 않은 사람에 비해 6년 후, 요개호 등급을 받을 위험이 2.16배로 올랐다고 한다. 이유는 노인들이 면허를 반납하거나 운전을 그만두면서 외출 기회가 급격히 줄었기 때문이다. 이러한 분석 결과는 노쇠함을 다룬 연구와 나의 임상 경험에서도 수긍할 수 있다.

국립 장수의료연구센터 예방노년학연구부도 노인 운전에 관한 비슷한 조사를 했는데 결과는 충격적이다. 운전하기를 그만둔 고령자는 운전을 계속하는 고령자와 비교하여 요개호 등급을 받을 상태가 될 위험성이 약 8배로 껑충 뛰어오른다고 한다.

코로나도 그렇지만, 사회 활동을 할 때는 항상 어떤 '위험'이 따라다닌다. 그것을 틀어막는 대책을 세우기만 해서는 미래에 부정적인 현상이 나타나기 마련이다. 정부의 말을 들어서 좋을 것이 없다.

적어도 아직 충분히 운전할 수 있는 고령자가 서둘러 면허를 반납할 필요는 없다. 가능하면 액셀과 브레이크를 잘못 밟는 일을 방지하는 장치나 충돌 방지 장치가 있는 차 등 조금이라도 안전한 차로 바꿔보면 어떨까?

몇 년 동안 그러면서 버티는 사이에 자율주행화가 진행될 것이다. 아니, 빨리 진행해야 한다고 목소리를 높여야 한다.

'행복 찾기'의 명인은 점점 행복해진다

나는 말년이 행복하다면 그 사람의 인생은 행복한 것이라고 생각한다.

인간의 행복에 대해 노벨 경제학상을 수상한 행동경제학자 다니엘 카너먼(Daniel Kahneman)은 행복은 그 사람의 '참조점'과의 차이에 달려 있다고 말한다.

예를 들어 100억 엔을 보유한 사람의 참조점은 100억 엔이고 그보다 1,000엔 손해를 보기만 해도 불행하다고 느낀다. 반면 1,000엔밖에 없는 사람은 100엔 이득을 봐도 행복을 느낀다.

젊은 나이에 성공한 사람은 막대한 재산을 갖고 큰 집에 살고 있어도 다른 사람들이 대접해주지 않으면 불행하다고 생각한다. 인기가 많았던 젊은 시절과 비교하기 때문이다.

반면 가난하고 힘들게 살아왔던 사람은 요양원의 식사를 맛있다고 좋아하고, 직원들과 같이 다닐 때 "이제 얼마 안 남은 시절에 이렇게 친절하게 대해주시다니, 저는 정말 행복합니다"라고 미소를 짓는다.

즉, 지금을 행복하다고 느끼는지 불행하다고 느끼는지는 과거와의 차이를 어떻게 생각하느냐에 따라 달라진다. 과거가 화려했던 사람은 아무래도 뺄셈식으로 생각하기 쉽다. 그렇기 때문에 지금을 불행하다고 생각한다. 반대로 혜택을 받지 못한 사람은 '지금 이것도 있고 저것도 있다'며 덧셈식으로 생각해 행복하게 살 수 있다.

그런 의미에서 말년은 인생 역전을 누리는 기회일지도 모른다.

객관적 사실이 어떻든 행복이란 본인의 주관에 달려 있다. 즉, 자신이 어떻게 느끼느냐에 따라 결정된다. 같은 상황에서도 본인이 행복하다고 생각하면 행복하고 불행하다고 생각하면 불행하다.

매일의 일상에서 작은 행복을 찾을 수 있는 '행복 찾기'의 명인은 점점 더 행복해질 수 있다.

"햇볕을 받으며 산책할 수 있다니 행복해."

"오늘도 아침부터 밥이 맛있네."

"편의점 직원이 친절하게 대해주다니 오늘은 참 운이 좋아!"

이렇게 언제 어디서나 행복을 찾을 수 있다. 마음이 행복감으로 가득 찬 사람은 주위에 호감을 느끼고 기쁜 일이나 즐거운 일, 즉 행운이 모여든다. 행복에는 '확장하는 힘'이 있기 때문이다.

지금 행복하지 않다고 느끼는 사람은 주변에서 작은 행복을 발견하는 것부터 시작해 보면 어떨까? 그러려면 사물을 보는 방법을 바꿔야 한다.

나에게 '없는' 것보다 '있는' 것에 눈을 돌리자.

지금까지의 임상 경험으로는, 자신의 늙음을 한탄하면서 이제 저걸 할 수 없게 되었다, 이것밖에 남아 있지 않다며 '없는 것'을 세면서 살아가는 사람보다는 늙음을 받아들이고 그래도 아직 이걸 할 수 있다, 저것도 남아 있다면서 '있는 것'을 소중히 하면서 사는 사람이 행복해 보인다.

결국 만족스러운 죽음을 맞이하려면 '늙음을 받아들이고 아직 할 수 있는 것을 소중히 여기는' 생각이 중요하다. 이것이 행복한 말년과 불만족스러운 말년의 갈림길이 되는 것 같다.

이상적인 노인은 품위 있고 현명하고 재미있다

6천 명이 넘는 고령자를 진찰하다 보면, 좋게 나이가 든 사람과 그렇지 않은 사람이 있다는 것을 실감한다. 좋게 나이가 든 사람들에게는 대략 세 가지 공통점이 있음을 알게 되었다.

바로 '품위 있고' '현명하고' '재미있는'이라는 키워드다. 이런 성품의 고령자 주변에는 자연히 사람들이 모여서 행복한 노년을 보낼 수 있다.

'품위 있다'는 연예인처럼 화려하고 유명하다는 뜻이 아니라 늙음을 솔직하게 인정하고 발버둥치거나 불안에 떨지 않고 대범하게 사는 것이다.

그런 사람은 범상치 않은 기운을 발산하는데 그것이 품위 있고 아름다워 보인다.

반대로 나이가 들어서도 심술궂거나 돈에 치사하거나 목숨이 더럽다는 말도 있어서 절대 죽고 싶지 않다, 절대

병들고 싶지 않다며 위축된 노인이 있다. 코로나19에 대해서도 감염될까 두려워 아무것도 못하거나 짜증만 내는 사람이 있는데, 내 눈에는 어차피 죽을 거니까 코로나에 걸리면 그때 생각할 일이라고 각오하는 사람이 멋있어 보인다.

'현명하게'는 지식이 많아서 똑똑한 것이 아니라 인생의 쓴맛 단맛을 보며 살아온 사람만이 할 수 있는 발상을 하는 것이다. 스마트폰으로 검색하면 대부분 답을 찾을 수 있는 요즘 시대에는 아무리 다양한 지식을 과시해도 매력이 없다. 노인들이 자신의 인생 경험에서 세상의 상식과 다른 말을 할 수 있다면 '나이를 헛먹지 않았구나'라고 사람들이 다시 보게 될 것이다. **그 사람 특유의 '재미'가 있는 고령자 주위에 사람이 모인다.**

'품위 있는 노인' '현명한 노인' '재미있는 노인'의 공통점은 주위 사람들에게 사랑받는다는 것이리라.

나도 그런 고령자가 되고 싶다는 생각에 내가 노력해야 할 목표로 《노년의 품격》을 썼는데, 몸을 가누기 힘들 정도로 쇠약해지거나 치매가 왔을 그 사람의 품격이 시

험받는다고 생각한다.

2018년 75세의 나이로 사망한 여배우 키키 키린은 임종이 가까워져 병상에 누웠을 때도 수많은 저명인사가 몰려와 그녀와 보내는 시간을 아쉬워했다고 한다. 죽음 직전까지 그렇게 많은 사람이 모이는 이유는 그녀의 인덕, 즉 품격이 있어서라고 생각한다.

말년에는 암과 오래 공생하면서 이렇게 말했다.

"모든 국면에도 선과 악이 있음을 받아들여야 인간은 진정한 의미에서 더욱 강해집니다. 병이 나쁘고 건강이 좋다고만 하면 이렇게 하찮은 인생은 없을 것입니다(문예춘추 2014년 5월호)."

마음에 와닿는 명언이다. 삶의 묘미를 알고 있었을 것이다.

내가 찾은 사생관 '인간은 죽고 나서 안다'

나의 사생관에 가장 영향을 준 인물은 베스트셀러 《아마에의 구조》를 쓴 정신과 의사 도이 다케오 선생이다.

미국에 유학하고 있던 30대 초반, 나는 현지에서 정신분석을 받고 있었다. 당시 일본에서 주류였던 환자의 무

의식을 살피는 정신분석과는 달리 환자의 마음을 지탱하는 정신분석은 무척 편안했고 '공감의 심리학'인 코흐트(Kohut) 심리학을 배우게 되었다.

본국에 돌아와서도 정신건강을 위해 정신분석적인 상담을 받기로 했다. 그때, 도이 선생의 '아마에(甘え)' 이론이 코흐트 이론과 가장 가깝다고 느껴서 편지를 썼더니 치료를 맡아주셨다.

도이 선생은 정신분석 이론에 얽매이지 않고 내 고민을 허심탄회하게 들어주었는데, 어느 날 책이 잘 팔리지 않고 인지도가 좀처럼 오르지 않는다고 푸념했더니 이런 말을 들었다.

"인간은 죽고 나서야 압니다."

당시 아직 30대였던 나는 그 말을 듣고도 감이 오지 않았지만 죽음에 대해 생각하게 되면서 그 의미를 이해하기 시작했다.

지금의 인지도와 판매 부수에 조바심 내기보다는 사후에 사람들이 어떻게 평가하느냐가 더욱 중요하고 지금 세상의 평가에 영합할 필요는 없다고 말이다.

도이 선생은 직함을 얻는 일이나 권력 투쟁에는 무관심했다.

그것은 눈앞의 세속적인 성공보다 죽고 나서 자기 자신과 자신의 이론이 어떻게 평가되는가 하는 것이 훨씬 더 중요하다고 생각했기 때문이다.

2009년, 도이 선생은 89세로 돌아가셨고, 그의 이름과 그의 책 《아마에의 구조》가 남았다. 하지만 내게는 아직 내가 죽어도 세상에 남을 만한 책이 없다.

다만 내가 노년 의료와 전문 분화(專門分化) 의료를 비판하기 시작한 지 30년 가까이 되었지만, 아직 상황이 크게 달라지지 않았기 때문에, 앞으로 평가를 받을 수도 있고, 지금 갑자기 책이 팔리기 시작한 것은 그 전조일지도 모른다고 기대하고는 있다.

영화도 계속 찍을 생각인데 한 편 정도는 죽은 후에도 볼 수 있는 작품을 찍지 않을까 꿈꾸고 있다.

나의 이상적인 죽음의 방식, 죽음의 장소, 간병을 받는 방법

쉽게 말해서 나는 죽는다는 전제하에 살고 있다. 맛있는 음식을 먹고 와인을 마시고 세상에 남을 책이나 영화를 만들고 싶은 욕망에 충실하게 살아가는 이유는 결국 죽을 때 후회하고 싶지 않기 때문이다.

그래서 **좋아하는 것을 먹고 하고 싶은 모든 일을 하고, 열심히 살고, 집에서 자다가 나도 모르게 숨을 거두는 것이 내가 생각하는 이상적인 방식의 죽음이다.**

되도록 집에서 지내고 싶지만, 거동이 불편해지면 시설에 들어갈지도 모른다. 나는 현재 혼자 살고 있기 때문에 시설에 들어가기 전에 이른바 '고독사'할 가능성도 있다. 하지만 애초에 죽는 순간은 누구나 혼자다. 혼자 죽는 것은 불쌍하다든가 비참하다든가 하는 발상은 언론매체에 의한 세뇌라고 생각한다.

나의 경우는 혼자서 조용히 죽고 싶다. 많은 사람에게

보살핌을 받고 동정을 받으며 죽는 것은 번거로우므로 마지막 순간에는 혼자가 좋다.

우리나라에서는 사람들의 보살핌을 받아가며 죽는 것이 행복하다고 생각하는 사람이 많은데, 유럽이나 미국에서는 가족의 돌봄을 받는 것을 크게 중시하지 않는다. 죽음을 앞둔 말기 암 환자들의 경우 친구가 한 명씩 병문안을 찾아와 찬찬히 이야기를 나누는 것이 서구식인데 나도 그쪽을 선호한다.

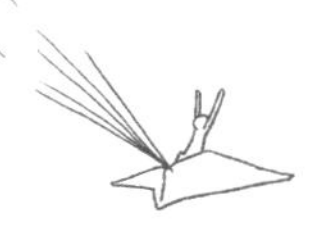

사후세계는 당신이 결정한다

고등학교 동창 중에 나카타 고라는 이슬람 학자가 있는데, 그는 사후세계를 믿기 때문에 속세를 초월한 듯이 삶에 전혀 집착하지 않는다. 그래서 의사에게 가본 적도 없고, 매일 이슬람교 계율에 따라 생활한다.

나는 신앙심이 깊은 사람이 아니고 사후세계도 믿지 않기 때문에 잘 모르겠지만 그렇게 사는 것이 오히려 편할지도 모른다.

그 밖에도 죽으면 저승에서 사랑스러운 사람을 다시 만날 수 있다든가, 좋아하는 가족을 다시 만날 수 있다든가 하며, 죽는 것 자체를 그렇게 두려워하지 않는 지인도 있다. 그렇게 생각할 수 있다면 편히 죽을 수 있을지도 모른다.

'인간은 죽고 나서 안다'라고 했는데, 죽은 뒤 자신이 어떻게 되고 어디로 가는지, 죽은 뒤에 다른 사람들이 자신을 어떻게 생각하는지의 사후, 어느 쪽을 의식하는지는 사람마다 다르다고 생각한다.

다만 정말로 불필요한 것은 죽음을 너무 불안해하는 것이다.

죽음을 의식하면 '삶'을 즐기려는 마음이 생길 수도 있다. 그러나 죽음을 너무 의식하면 불안감이 '삶'을 방해할 수 있다.

예를 들어, 자식들이 자신의 임종을 지켜봐주길 바라는 사람은 늙어서 재혼하고 싶어도 자식들이 반대하면 어쩔 수 없이 포기한다.

다만 죽음을 의식하는 적절한 방법이 있다고 생각한다. 몸과 마음의 소리를 잘 듣고, 10년 후에 살아있을지 모르니까 여행을 가자거나, 이건 꼭 해두자거나, 그런 식으로 생각하면 죽을 때까지 좀더 밀도 높은 삶을 즐길 수 있다.

'최상의 죽는 방법'이란 결국 마지막 순간까지 '최고의 삶의 방식'을 추구하는 것이다. 인생의 막이 내릴 때까지나 자신답게 사는 것이다. 죽는 순간까지는 살아있으니 말이다.

죽음은 언제 찾아올지 모른다. 오랜 세월 많은 고령자를 본 경험으로 볼 때, 살아있는 동안 마음껏 즐기며 삶을 충실하게 만들자.

이것만은 단언할 수 있다.

죽을 때 후회하지 않기 위한 삶의 마음가짐

마지막으로 인생의 막을 내릴 때 후회하지 않기 위한 몇 가지 사항을 정리해 보았다. 이 짧은 글을 마음속으로 살며시 중얼거리며 오늘을 힘껏 건강하고 즐겁게 살아주길 바란다.

㉮ 최상의 죽음을 맞이하기 위해 자신이 납득할 수 있는 삶의 방식을 고수한다

㉯ 힘들거나 번거로운 일은 되도록 하지 않는다

㉰ 내 마음 가는 대로 산다. 참으면 몸과 마음이 더 빨리 늙어간다

㉱ 간병이 필요해지면 남은 기능과 개호보험을 최대한 이용해 인생을 즐긴다

㉲ 섣불리 의사의 말을 믿지 않는다. 치료와 약은 나 자신이 선택한다

㉥ 치매를 예방하고 다리와 허리가 약해지지 않도록 뇌와 몸을 계속 사용한다

㉦ 죽음을 두려워할수록 삶의 행복도는 떨어진다

㉧ 인간관계가 풍부할수록 늦게 늙는다. 만나는 게 귀찮아지면 치매가 온다

㉨ 몸이 움직이지 않거나 의욕이 없을 때는 '어떻게든 잘될 거야'라고 중얼거린다

㉩ 즐거운 일만 생각하며 실컷 논다. 어차피 죽을 거니까.

———인생의 행복에 다가가기 위해 지금을 행복하게 살아가기

끝까지 읽어주셔서 감사드린다.

여러분이 이 책을 읽고 앞으로의 삶에 어떤 힌트를 얻을 수 있다면 저자로서 더할 나위 없이 기쁠 것이다.

세상에 객관적 진실은 존재하지 않는다는 생각이 있다. 눈앞에 붉게 보이는 것이 있으면, 그것은 뇌가 정보를 처리하기 때문에 인간에게 붉게 보이는 것이며, 객관적으로 보이는 것도 주관적이라는 생각이다.

과학적이라고 생각되는 모든 의학 상식도 사실은 잘 모른다.

건강에 해롭다고 하는 비만인들이 더 오래 사는 등 조사해 보면 뒤집히는 경우가 많다.

지금 우리가 믿고 있는 '상식'이 앞으로 뒤집힐 일도

얼마든지 있을 것이다.

하지만 지금 자신이 '행복하다'고 느낀다면, 비록 주관적이라고 해도 그것은 당신에게 사실이다. 반대로 '불행하다'고 느낀다면 아무리 객관적으로 축복을 받아도 여전히 불행하다.

또한 여러 가지 과학적인 이론도 100% 옳은 것은 단 하나도 없다.

그래서 과학자들은 기존의 이론을 뒤집기 위해 연구한다고 하는데 적어도 한 가지는 100% 맞는 것이 있다. 바로 '인간은 죽는다'는 사실이다.

이것은 늦출 수는 있지만 결국 피할 수 없는 일이고 늦출 생각으로 살아도 갑자기 사고를 당할 수도 있다.

'어차피 죽을 거니까'는 비관적인 말이라고 생각할 수도 있겠지만, 사실을 거스르지 않고 지금을 행복하게 사는 것이 적어도 인생의 행복에 가까이 다가갈 수 있을 길이라고 믿는다.

적어도 나는 '어차피 죽을 거니까'라고 생각하게 되면서 그 어느 때보다 행복해질 수 있었다. 그래서 여러분에게도 이 말을 권한다.

✧

끝으로, 이렇게 이상하고 묘한 내용의 책을 편집해주신 SB크리에이티브의 미노 하루요 씨와 기무라 히로미 씨에게 이 자리를 빌려 감사의 말씀을 드린다.

와다 히데키

어차피 죽을 거니까

———하고 싶은 일을 하면서 천수를 다한다

2024년 6월 25일 1판1쇄 발행

지은이 와다 히데키
옮긴이 오시연

책임편집 최상아
북코디 밥숟갈(최수영)
편집&교정교열 주항아 최진영
일러스트 오경태
북디자인 이오
마케팅 김낙현

발행인 최봉규
발행처 지상사(청홍)
출판등록 2002년 8월 23일 제2017-000075호

주소 서울 용산구 효창원로64길 6(효창동) 일진빌딩 2층
우편번호 04317
전화번호 02)3453-6111 팩시밀리 02)3452-1440
홈페이지 www.jisangsa.com
이메일 c0583@naver.com

ISBN 978-89-6502-332-6 03180

*못 만들어진 책은 구입처에서 교환해 드리며, 책값은 뒤표지에 있습니다.